L'OSSESSIONE DI LUKE

GLI ORSI DELLO CHALET ROSSO - 1

KAYLA GABRIEL

ISCRIVITI ALLA NEWSLETTER

Unisciti alla mailing list per essere informato per primo su nuove uscite, libri gratuiti, premi speciali e altri omaggi dell'autore.

https://kaylagabriel.com/benvenuto/

L'ossessione di Luke
Copyright © 2020 di Kayla Gabriel

Tutti i diritti riservati. Nessuna parte di questo libro può essere riprodotta o trasmessa in alcuna forma con nessun mezzo elettronico, digitale o meccanico, incluse, ma non solo, attività quali fotocopie, registrazioni, scanner o qualsiasi altro tipo di raccolta di dati e sistema di reperimento di informazioni senza il permesso esplicito e scritto dell'autore.
Pubblicato da Kayla Gabriel

Copyright di copertina 2019 di Kayla Gabriel, autrice
Immagini/foto di Deposit Photos: val_th, hannah_monika, VolodymyrBur

Nota dell'editore:
Questo libro è stato scritto per un pubblico adulto. Questo libro potrebbe contenere scene sessuali esplicite. Le attività sessuali incluse nel libro sono pure fantasie per adulti e ogni attività o rischio corso dai personaggi della finzione nella storia non è né approvato né incoraggiato dall'autore o dall'editore.

1

*S*iete cordialmente invitati...

La famiglia Beran è orgogliosa di ospitare una festa per single alle ore 10.00 del 4 giugno 2014, presso il Red Lodge, Montana. L'evento prevede musica dal vivo e un rinfresco, vi insegneremo anche a ballare la quadriglia! Tutti i Berseker single appartenenti a famiglie di sangue Alfa sono caldamente invitati a partecipare. Portate i vostri stivali da cowboy e venite a danzare tutta la notte!

Aubrey Umbridge fissava la delicata cartolina bianca che teneva tra le dita, era confusa.

"Un invito..." disse, aggrottando la fronte mentre sollevava lo sguardo sui genitori. Il soggiorno della casa di famiglia sembrava in qualche modo più piccolo, come se la sedia che occupava si trovasse molto più vicina al divano dei genitori rispetto a qualche minuto prima. L'idea di una festa per single con altri Berseker in cerca di compagni le aveva fatto seccare la gola e accelerare il battito... e non in modo positivo.

"Sì", grugnì suo padre, non era mai stato un grande conversatore. Era un metro e novanta di puro e corpulento orso alfa, il tutto contornato da una testa di capelli argentei e un cipiglio perpetuo.

"È per questo che mi avete fatta tornare dalla città? Vi ho detto che questa settimana al rifugio sarebbe stata molto impegnativa", disse Aubrey, chinando la testa di lato.

La madre di Aubrey si chinò in avanti, e per un momento le ricordò da dove avesse ereditato il suo aspetto. La donna era alta un metro e mezzo, ed era tutta curve. Il suo viso rotondo e dolce, e gli scintillanti occhi verdi erano specchio perfetto del viso di Aubrey; si differenziavano solo per l'età della madre e i suoi capelli corti e castani chiaro. I capelli di Aubrey erano tinti di un profondo rosso ciliegia intenso e le arrivavano fino alla vita, incorniciando perfettamente il suo corpo abbondante e facendo risaltare i suoi vestiti scuri e la pelle pallida.

"Aubrey", disse la madre. "Per noi... è molto importante che tu partecipi".

Aubrey lanciò un'altra occhiata all'invito, perplessa.

"È questo fine settimana! Non posso andarci, ho già un appuntamento per andare al cinema con Valerie e Samantha," protestò lei.

"Ecco, cara...", iniziò la madre.

"È obbligatorio", disse il padre tagliando corto.

Aubrey restò a bocca aperta.

"Come, scusa?", riuscì a dire dopo qualche secondo.

"Necessario. Non puoi scegliere", disse il padre.

"Io... so cosa vuol dire obbligatorio, papà!", urlò lei. "Sono più preoccupata del perché tu pensi di potermi obbligare ad andare a una... schifosa cerimonia sociale di Berseker. Perché mai vuoi una cosa del genere, e perché dovrei accettare?"

"Per trovare un compagno", disse il padre, accomodandosi sul divano e incrociando le braccia. "E devi moderare il linguaggio in questa casa".

Aubrey restò senza parole per la seconda volta in pochi minuti.

"Per trovare un compagno??? Mi prendi in giro! Cosa ti fa pensare di potermi obbligare?"

"Su, Aubrey, tesoro", disse la madre, cercando di mediare. "Non si tratta solo di te. Ci saranno tutti i figli delle famiglie alfa".

"Papà non è più un alfa", fece notare Aubrey. "Si è ritirato due anni fa. Non ho neanche le qualifiche per... questo *invito*".

"Ho preso parte al comitato degli alfa che ha preso questa decisione. La discussione è iniziata anni fa", disse suo padre.

Aubrey lo guardò per un lungo istante, cercando di capire cosa stesse succedendo.

"Il consiglio degli alfa non ha niente di meglio da fare che organizzare uno speed dating tra i giovani della comunità? Faccio fatica a crederlo".

"Ecco, dovrai sforzarti di crederci, Aubrey. Il consiglio non se ne starà seduto a guardare mentre la nostra specie si estingue perché la tua generazione non vuole mettere la testa a posto. Questo evento non è una scelta. Trovare un compagno entro il prossimo anno è obbligatorio per tutti i Berseker single dai ventuno ai quarantacinque anni. Non si fanno eccezioni", disse suo padre.

"Ti senti quando parli? Sembra il discorso che mi hai fatto prima di spingermi tra le braccia di Lawrence".

Aubrey non perse il brivido che percorse suo padre nel sentire il nome dell'uomo.

"Non è la stessa cosa", si difese.

"Aubrey", intercedesse la madre. "Questa non è una cosa nuova. I Berseker lo hanno sempre fatto in momenti di difficoltà. È così che ci siamo conosciuti tuo padre ed io, se ricordi".

"Mi avete fatto una promessa! O lo avete dimenticato?", li sfidò Aubrey.

Il padre si alzò in piedi, il suo viso era rosso dalla rabbia.

"È stato due anni fa, Aubrey! Ti avrei dato tutto all'epoca, qualsiasi cosa per farti sentire di nuovo al sicuro. Ma non avrei mai pensato che saresti rimasta sola per un decennio. Da allora non hai più avuto un solo fidanzato serio, e questa cosa non va bene".

"Ho avuto dei fidanzati", disse Aubrey, colpita nell'orgoglio.

"Orsi?", chiese suo padre, sollevando un sopracciglio mentre si avvicinava a lei, diventando più aggressivo. Il suo orso stava per emergere, inalberandosi tanto quanto il suo temperamento. L'orso di Aubrey era pronto a scattare, la spingeva ad essere libera. L'orso la proteggeva selvaggiamente da ogni evento, e non avrebbe lasciato che un imponente maschio alfa si intromettesse nel suo compito.

Cercando di tenere a bada il suo orso, sentì un pensiero insinuarsi nella sua testa. In genere Aubrey avrebbe fatto di tutto per evitare di vedere suo padre in preda alla rabbia, ma in questo momento le avrebbe concesso una scappatoia. Se lui si fosse trasformato e avesse iniziato a distruggere gli arredi, sua madre si sarebbe trasformata a sua volta per tenerlo a bada. Aubrey sarebbe stata dimenticata nella lotta, e prima che potessero accorgersene lei sarebbe già stata sulla strada di ritorno a San Francisco. Doveva solo spingerlo un po' di più, e suo padre avrebbe perso del tutto la pazienza.

"Che importa con chi esco?", sibilò Aubrey, alzandosi e fissando il padre negli occhi.

La madre si intromise, afferrando il polso del padre e facendolo indietreggiare di un passo. Poi si voltò verso di lei, capendo subito cosa stesse cercando di fare la figlia.

"Perché sei una Berseker puro sangue, e hai il dovere di passare quei geni alla prossima generazione, Aubrey Rose Umbridge. Ora smettila di provocare tuo padre".

"Non ho intenzione di scegliere un compagno", disse Aubrey, incrociando le braccia specchiando la posa di suo padre.

"Allora sarai cacciata dal clan, e so che non vuoi che questo accada", disse sua madre.

"Tu... tu non dici sul serio!", esclamò Aubrey.

"Senti, so che non è ciò che vuoi. Hai la tua vita in città, i tuoi amici. Tuo padre e io siamo felici che tu abbia trovato la tua strada, davvero", continuò la madre.

"Ma?", chiese Aubrey.

"Ma devi provare a trovare un compagno. Non è una cosa che abbiamo voluto, ma sta succedendo. Tutto ciò che ti stiamo chiedendo ora è di partecipare a questa festa, non è una grande richiesta, no?", domandò sua madre.

"Una festa in Montana, dove dovrò scegliere un estraneo da prendere come compagno per la vita. Te lo ripeto: stai scherzando?"

"Ci andrai", disse il padre, scuotendo la testa e ritirandosi vicino al divano.

"Non ne discuteremo oltre. Hai bisogno di qualcuno che ti scorti, o ci andrai da sola?"

"Jack! Smettila di fare il bullo, non stai aiutando!", sospirò la madre. "Aubrey, per favore. Ti chiedo solo di andare alla festa. Resta lì un'ora, incontra qualcuno. Se non ti piace proveremo qualcosa di diverso".

Guardando la faccia preoccupata della madre, Aubrey si addolcì un po'.

"Va bene", sospirò. "Ci andrò, ma non funzionerà. Mi piace la mia vita così com'è. Non ho intenzione di scegliere un compagno".

"Testa dura", borbottò il padre, girandosi e uscendo a passi pesanti verso il suo capanno in giardino.

"Grazie, tesoro. Penso che se darai un'occasione a questa festa potrai persino divertirti", disse sua madre.

"Certo. Bene, se questa è l'ultima delle vostre folli richieste per oggi, credo che andrò a casa", rispose Aubrey.

Vide il dolore nell'espressione della madre mentre andava via, ma non aveva intenzione di alleviarla. Questa era solo l'ultima di una lunga serie di richieste da parte del padre, promesse infrante fatte con l'intento di salvare i Berseker. Questa era l'America, non un arretrato paese del terzo mondo, eppure la sua stirpe era ancora soggetta alle stesse pressione sociali e agli accordi matrimoniali delle spose indiane.

In preda alla rabbia, Aubrey salì sulla sua Golf e si diresse verso la superstrada. Percorse la strada mentre rimuginava sul suo problema, la scena fuori dal parabrezza era un paesaggio di linee tratteggiate bianche nell'oscurità crescente.

Per circa la centesima volta, Aubrey desiderò di essere nata umana. Se così fosse stato, niente di tutto questo sarebbe successo. Anche la cosa con Lawrence non sarebbe successa.

Rabbrividì e forzò i pensieri ad allontanarsi da quel brutto periodo della sua vita. La sua mente ritornò alla festa, al pensiero di un uomo da scegliere. Doveva ammettere che non le sarebbe dispiaciuto incontrare un estraneo tutto muscoli e avere un piccolo incontro a due in privato, ma non voleva niente di più. Era passato del tempo da quando aveva fatto del sesso selvaggio, appassionante e da lasciarla senza fiato.

Inspirò profondamente, incapace di fermare la sua mente che stava già pensando a Luke. Lui era l'incarnazione di tutte le sue fantasie. Luke, l'amante senza cognome. Il Beseker che aveva condiviso con lei l'unico momento della sua vita adulta in cui Aubrey aveva mandato tutto gloriosamente all'aria da sola. Era il suo più grande rimpianto, perfino più grande dell'aver accettato di incontrare Lawrence.

Luke... lo aveva incontrato durante una fine settimana a San Diego. Erano passati quasi due anni, anche se Aubrey faceva fatica a crederci. Lui era incredibile, tanto da convincerla a saltare l'intero fine settimana di divertimenti che aveva programmato con le amiche dell'università. Lo aveva incontrato al bar dell'hotel, entrambi avevano subito capito di avere sangue Berseker. Luke era così alto e muscoloso, e i suoi capelli erano tagliati corti, mentre la sua mascella lasciava intravedere una ricrescita di barba di qualche giorno. E quegli occhi... aveva degli occhi davvero incredibili, erano come uno scuro mare di vetro. Si era presentato, le aveva chiesto il nome e venti minuti dopo si erano ritrovati nell'ascensore, le labbra unite e ansimanti in attesa di averne di più.

Erano rimasti insieme nel suo letto d'albergo per quarantacinque ore, ridendo, ordinando champagne grazie al servizio in camera e esplorandosi l'un l'altro. Il sesso con lui la mandava fuori di testa, una vera droga. L'aveva toccata ovunque. Anche se era un tipo silenzioso, aveva continuato a farle complimenti e richieste e a lasciarsi andare a lievi gemiti, il tutto mentre le sue grandi mani le scivolavano lungo i fianchi, le cosce, le braccia e il ventre, le zone del suo corpo che la facevano sentire insicura. Era insaziabile, affamato di lei proprio come Aubrey lo era di lui. Il tempo che avevano trascorso insieme fu un tocca sana per la sua anima, aveva guarito alcuni degli angoli scuri e infranti dentro di lei, quelli che Lawrence aveva distorto e fatto in pezzi.

Eppure, non gli aveva mai chiesto il cognome. Quando Luke la baciò per l'ultima volta, gli occhi cupi mentre le spiegava che il giorno dopo sarebbe di nuovo partito in missione e non aveva altra scelta, Aubrey aveva fatto una scelta. Voleva che il loro tempo insieme restasse perfetto, un'impeccabile bolla di ricordi a cui potersi aggrappare.

Quindi si era limitata ad abbracciarlo e ringraziarlo. Quando lui si era alzato per fare una doccia e vestirsi, lei aveva fatto i bagagli ed era scappata via. Non aveva mai neanche provato a cercarlo, anche se per un anno non aveva fatto altro che pensare a lui. Non era mai davvero riuscita ad abbandonare i pensieri che aveva su di lui, anche se la portavano a ricordare...

Interruppe quel corso di pensieri. Ora non era il momento di pensare al suo più oscuro e profondo segreto, qualcosa che riusciva appena ad ammettere a sé stessa.

No, preferiva pensare a Luke, a quanto fosse sexy. Era ancora la sua fantasia preferita; ogni volta che si sentiva sola e decideva di rilassarsi con un po' di amor proprio, Luke era lì per lei.

Aubrey si spostò sul sedile, rendendosi conto che quella sera si stava trasformando in una di quelle sere. Qualcosa per farle distogliere la mente dal fine settimana, almeno. Accendendo la radio, sorrise tra sé e premette sull'acceleratore, restando incantata dal panorama lontano di San Francisco immersa nella notte.

2

Aubrey si trovava nel grande bagno degli ospiti del Montana Lodge e si fissava allo specchio. I suoi lunghi capelli erano intrecciati in una treccia morbida che cadeva su un lato, il mascara le incorniciava gli occhi verde brillante, un po' di fard le faceva risaltare gli zigomi. Indossava un delicato abito a vita alta in stile impero, di colore giallo crema sotto la luce del sole pomeridiano, con la scollatura profonda che lasciava intravedere il suo décolleté. Un grazioso nastro di pizzo bianco le girava intorno alla vita appena sotto i seni generosi ed era legato dietro la schiena, donando grazia alla sua figura a clessidra. Aveva completato il suo look con un morbido cardigan bianco a maniche corte e stivali da cowboy rosso fuoco, un piacevole acquisto impulsivo che aveva fatto qualche anno fa e che raramente aveva avuto l'opportunità di sfoggiare.

Abbassò lo sguardo sulle proprie braccia, osservò i suoi tatuaggi. Su un polso faceva mostra di sé una nera e marcata chiave della vita, e sull'altro c'era una croce celtica in ferro battuto. Una delle sue braccia sfoggiava un bellissimo serpente verde erba avvolto intorno ad una mela rossa.

L'altro braccio aveva un tatuaggio con piccole stelle sparse, lune e pianeti in diversi colori. Amava i suoi tatuaggi e ne aggiungeva uno alla sua collezione ogni anno come regalo di compleanno a sé stessa.

Girandosi di lato, Aubrey sospirò. La festa all'esterno era in pieno svolgimento, e lei era lì, a nascondersi nel fottuto bagno. Aveva bevuto un paio di cocktail, ballato un po' con un paio di bei Berserker, eppure si sentiva ancora… fuori luogo. Non importava quanto fosse vestita bene, quanto fosse spiritosa, quanto potessero essere brillante la sua conversazione, non ci stava mettendo il cuore. Continuava a guardarsi intorno e osservare la sua concorrenza, notando come alcune delle femmine Berserker fossero bionde simili a modelle che flirtavano e si mescolavano con facilità.

La figura di Aubrey era più che piena. Aveva dei seni prosperosi, fianchi larghi e un sedere generoso. Mordendosi il labbro guardò il telefono. Doveva solo restare altri venti minuti, e poi la promessa che le aveva strappato sua madre sarebbe stata rispettata.

"Ci stai davvero provando se ti nascondi nel bagno per metà della durata della festa?" chiese a sé stessa.

Raddrizzando la schiena, tirò indietro le spalle e si sforzò di uscire da lì e tornare dentro. Quando mise piene sul portico del Lodge, la musica del violino si diffondeva nell'aria avvolgendola. Decise che per prima cosa avrebbe preso un altro drink, e poi avrebbe provato di nuovo a socializzare. Forse dopo sarebbe perfino riuscita a trovare quel tipo carino con i capelli neri con cui aveva ballato prima e provare di nuovo la quadriglia.

Si fece strada tra la folla in fermento, percorse solo pochi metri prima di essere quasi tramortita da un enorme ragazzo biondo che barcollo all'indietro.

"Sei uno spreco di spazio, Emmet!", gridò un altro uomo.

Aubrey si voltò verso il biondo e si trovò davanti un bel Berseker dai capelli scuri e il volto rosso per la furia, teneva i pugni stretti cercando di resistere alla necessità di trasformarsi e combattere. Guardò il tizio, pensando che avesse un aspetto familiare. Poi si rese conto che quella era già la quinta volta che pensava una cosa del genere quella sera. Continuava a vedere questi tipi alti, mori e affascinanti e pensava che le ricordavano Luke.

Luke non è qui. È uno da non farsi sfuggire, ovviamente avrà già una compagna. Smettila di essere così patetica, ricordò a sé stessa per l'ennesima volta.

Il biondo disse qualcosa di cattivo, e il ragazzo moro si mosse come una saetta. Il suo pugno si abbatté sulla faccia dell'altro Berseker, che iniziò a sanguinare all'istante. Aubrey fece una smorfia e si spostò lontano dall'azione, lasciando che un mare di estranei si riversasse verso i due per interrompere la lotta prima che le cose sfuggissero di mano.

Aubrey fece il giro largo fuori dalla tenda per evitare tutto il casino. Si limitò a vagare qui e là e osservare gli altri per qualche minuto, poi si ricordò che stava andando al bar prima di essere interrotta. Cercando di avvicinarsi per prendere il suo prossimo cocktail a base di vodka al mirtillo, si fermò dietro una coppia ubriaca che stava seduta al bar occupando diversi sedili. Dal modo in cui la bionda stava aggrappata al corpo dell'uomo, sembrava che l'evento stesse funzionando bene per loro.

Si avvicinò a loro, sentendosi stupida mentre faceva dei cenni al barista, cercando di attirare la sua attenzione.

"Acqua, tanta acqua!", borbottò l'uomo al bar quando arrivò il barista.

Aubrey rimase di sasso. Quella voce... la conosceva. Per una frazione di secondo temette di essere finita proprio dietro a Lawrence. Ma non era possibile, lui non aveva motivo di essere qui, ovviamente. Aveva una compagna e viveva dall'altro lato del paese.

Poi capì, si rese conto del perché conoscesse quella voce roca. L'aveva sentita in ogni sua fantasia a luci rosse, l'ultima solo pochi giorni prima. Purtroppo, invece che farla rabbrividire di piacere come succedeva nei suoi sogni, di persona le fece venire il panico.

Era Luke, tra tutti doveva essere proprio lui. Era qui, bene. E aveva una magra bionda completamente ubriaca attaccata a un braccio, e la mano della bionda stava risalendo lungo la gamba di lui, diretta proprio verso il suo sesso. Aubrey sentì qualcosa muoversi dentro di sè, una sorta di senso di colpa e paura. Ma anche rabbia, anche se non comprendeva affatto quella reazione.

Luke si irrigidì, sentendo il suo sguardo di fuoco puntato sulla schiena. Prima che Aubrey potesse girarsi e scappare, lui si girò e i loro occhi si incrociarono. Per qualche secondo la sua espressione sembrò incerta, poi cambiò, come se non potesse essere meno felice di vederla.

"Aubrey!", esclamò. Non poté fare a meno che ammirarlo meravigliata per qualche secondo, improvvisamente quella meraviglia alta, mora e affascinante era a pochi centimetri dalle sue dita. E in una posizione compromettente con un'altra donna. Aubrey guardò la donna senza malizia, sperava solo che l'altra fosse più furba di lei. E che fosse molto più cauta.

"Luke", rispose Aubrey, sforzandosi di distogliere lo sguardo alla bionda che ora cercava di mettersi a sedere sulle gambe di lui. Per un momento riportò lo sguardo sull'uomo. Non riuscì a evitare di notare che i suoi capelli erano più lunghi, meno militareschi. Anche la sua abbronzatura era meno intensa, ma era bellissimo proprio come la prima volta che lo aveva visto. Guardarlo le faceva male al cuore, non provava quel dolore da quando lo aveva lasciato due anni prima.

"Uh... non è come sembra. Sono ubriaco", disse, spingendo la donna sulla propria sedia.

Aubrey restò sorpresa per un momento, dato che Luke era stato molto fermo sul non bere quando lo aveva incontrato. Poi si rese conto che non importava. Tutta questa interazione era ridicola, e lei non voleva fare altro che scappare. Aveva fatto il suo dovere per i genitori, e ora era arrivato il momento di tornare a casa. Non c'era assolutamente nulla per lei qui, se non un cuore infranto.

"Capisco", disse lei. "Certo".

Si girò per andare via, ma Luke fece uno scatto e le afferrò il polso. I suoi occhi caddero verso lo scollo del vestito, poi scattarono a osservare i tatuaggi, fatti per lo più negli ultimi anni, dopo che si erano conosciuti. Qualcosa nel suo sguardo le fece venire la pelle d'oca e rabbrividire.

"Aubrey, aspetta!", insistette lui.

"Non penso proprio", scattò lei, cercando di divincolarsi dalla sua stretta.

"Non sapevo che saresti stata qui!", disse.

"Sì, neanche io. Ora lasciami andare", disse lei. Staccandosi da lui, fece un giro su sé stessa e scappò via dalla tenda.

I suoi occhi bruciavano pieni di lacrime calde, sentiva ancora una volta la rabbia e la vergogna invaderla. Si rimproverò mentalmente. Luke non era nulla per lei, e lei era nulla per lui. Erano state solo due notti di sesso qualche anno prima. Che diritto aveva di sentirsi così?

Prima che potesse provare a scacciare il dolore e la rabbia che le riempivano il petto, si era già infilata nella sua auto a noleggio e stava partendo, allontanandosi lungo il vialetto dei Beran.

"No, mai più", promise a sé stessa. "Non provare neanche a piangere".

Facendo rombare il motore, Aubrey si allontanò il più possibile da Luke.

3

*L*uke Beran se ne stava sdraiato nel letto della sua camera d'albergo, aveva gli occhi stanchi per la mancanza di sonno. Dopo essersi imbattuto in Aubrey nella peggiore circostanza possibile, sapeva di vaer fatto un terribile errore.

"Fubar'd", borbottò a voce alta. "Ho mandato tutto a puttane, di certo".

Eppure, Luke stava ancora cercando di mettere a posto le cose. Dopo che Aubrey era scappata dalla festa aveva deciso di trovarla e scusarsi. Forse se lo avesse fatto nel modo giusto, lei lo avrebbe perdonato. E se avesse tirato fuori tutti i suoi trucchi e l'avesse incantata, forse avrebbe considerato qualcosa di più del perdono. Avrebbe potuto, magari, venire con lui nella sua camera d'albergo e sconvolgere il suo mondo come aveva fatto l'ultima volta.

"Ti piacerebbe, stronzo", disse in un grugnito rivolto a sé.

A questo punto stava andando avanti a fortuna e fumi post sbronza. Se non fosse stato un curioso per natura, una cosa che in genere lo metteva in un mondo di guai, non avrebbe saputo neanche il nome completo di Aubrey a questo punto. Quando avevano trascorso quel fine settimana insieme a San Diego nel 2012, era già mezzo innamorato di lei e non se n'era neanche accorto. Che colpo era stato per lui uscire dalla doccia, cercare di decidere cosa dire per convincerla a dargli una possibilità, come le avrebbe chiesto di aspettare il suo ritorno dalla sua ultima missione di guerra.

Come poteva fare Luke a trovarla e chiederle qualcosa di più di un fine settimana, quando non sapeva neanche il suo cognome?

Trascinandosi nell'atrio dell'albergo, con l'ombra del rifiuto che lo seguiva da vicino, si fermò alla reception per il check-out. Fissando il receptionist si era reso conto che lei era stata ospite nello stesso albergo. Luke aveva minacciato, ricattato e implorato tutte le persone alla reception finché non gli avevano dato le cinque parole di cui aveva bisogno: Aubrey Umbridge, San Francisco, California.

Dopodiché, aveva convinto uno dei membri del suo team più bravi con la tecnologia ad aiutarlo a usare i social per scoprire tutto il possibile sulla signorina Aubrey Rose Umbridge. L'aveva osservata da lontano, aveva anche salvato sul computer alcune delle foto pubbliche a bassa risoluzione che aveva trovato su Facebook. Ogni notte nella sua branda sognava di prendere un congedo per poter andare a cercarla e chiederle di nuovo di uscire. Forse avrebbe potuto assaggiare di nuovo le sue labbra, toccare le sue curve piene e la sua pelle di porcellana.

E poi tutto era andato storto. Dopo i disordini della Primavera araba, l'Esercito aveva trasferito l'unità di Luke in Giordania per aiutare con l'arrivo della guerra civile siriana. Dopo dieci anni di servizio in Afghanistan e in Iraq questo cambiamento era stato difficile. Nuove lingue, culture e nuove problemi. Era cambiata anche metà del personale della sua unità, il che voleva dire perdere i contatti con i suoi amici più vicini e di lunga data.

Proprio quando Luke stava iniziando ad ambientarsi, un soldato con dei problemi mentali aveva perso la testa e aveva fatto saltare in aria il proprio campo, uccidendo tre degli amici più cari di Luke oltre a molti altri. Luke era stato quello a eliminare il soldato ventiduenne, solo perché aveva avuto la fortuna di trovarsi nella stessa stanza e con un'arma sotto mano.

Dopo questa vicenda, Luke non pensò ad altro che cercare di sopravvivere per tutto il resto della sua missione, senza farsi saltare in aria da qualcuno, che fosse nemico o amico. Non aveva dimenticato Aubrey, ma la sua mente era come ibernata, concentrata solo ad uscire vivo da lì.

Quindi aveva finito il suo periodo di servizio e si era lasciato l'esercito alle spalle. Era tornato negli Stati Uniti, e anche se Luke sapeva che era molto più al sicuro lì, in realtà non si sentiva meglio. Era come un pesce fuor d'acqua, ed era stato un periodo duro.

Poi aveva visto Aubrey. Sembrava sempre la stessa, aveva lo stesso viso dolce e i rossi capelli impetuosi, senza dimenticare quelle curve voluttuose. Il suo corpo si era irrigidito anche se il cuore gli era balzato nel petto, e per un secondo sentì ingenuamente... un barlume di speranza. Per la prima volta da quando era tornato casa... cavolo, anzi, da quanto aveva sparato a quel ragazzino in Giordania, aveva pensato che le cose per lui potessero cambiare.

Aubrey gli aveva lanciato uno sguardo, notando quanto fosse ubriaco e la ragazza sulle sue ginocchia, che gli aveva già promesso un pompino più tardi, e si era girata scappando via. Luke non poteva biasimarla, neanche un po'. Questo non voleva dire che l'avrebbe lasciata andare.

Luke si riprese dai ricordi quando da qualche parte fuori dalla sua camera d'albergo al secondo piano iniziò a suonare l'allarme di una macchina. Il suo corpo si tese all'istante e iniziò a sudare su tutto il corpo. Stesse immobile per qualche minuto, forzandosi a respirare a fondo, quando l'unica cosa che avrebbe voluto fare era darsela a gambe. Gli allarmi delle macchine erano stati uno dei segnali di violenza in avvicinamento durante il suo periodo in Giordania, e quel suono gli gelava ancora il sangue nelle vene, rendendolo ansioso.

Un'altra delle cose che trovava difficile dopo il suo periodo nell'esercito era stare fermo; quando era in servizio c'era sempre qualcosa da fare. E se non eri messo a riposo per la sera, avevi una lunga lista di compiti da svolgere. Gli piaceva tenersi occupato, perché un obiettivo in movimento era meno vulnerabile di uno a riposo. Qui, però, era un continuo di sale d'attesa, zone relax, lunghe file, e persone con tantissima pazienza che se ne stavano in piedi in giro. Semplicemente in piedi, bevendo il loro caffè e aspettando che succedesse qualcosa nelle loro vite.

Luke odiava tutto questo.

Lasciò andare un sospiro, dicendosi che aveva bisogno di dormire. Davvero, doveva dormire, non starsene semplicemente sdraiato sul letto nella sua stanza avvolta nella penombra, per lo più con i vestiti addosso, perché non si sa mai... allontanò quei pensieri prima che diventassero troppo folli. Non sarebbe successo niente, era solo esausto.

Gli ultimi giorni erano stati un turbinio di viaggi in auto, voli, attese in aeroporto, e molte conversazioni tese con il suo vecchio capo unità Stephen Collinswood. Stephen si era ritirato prima che l'unità fosse trasferita in Giordania, e ora viveva a Seattle con sua moglie e due bambini. Era uno dei pochi amici di Luke che era ancora vivo e aveva lasciato l'esercito. Era anche un mutaforma, si trasformava in lupo, il che voleva dire che capiva alcuni degli strani problemi che aveva Luke con la vita da civile. Quindi, Stephen era a tutti gli effetti il confidente di Luke.

L'uomo lavorava per il dipartimento di polizia di Seattle, per questo quando Luke aveva deciso di rintracciare Aubrey, fu lui che Luke chiamò per primo. Stephen si impietosì e gli passò le sue informazioni Alfa, anche se si rifiutava di consegnargli cose più personali come l'indirizzo.

Il giorno prima Luke aveva visitato la casa Alfa di lei, con scarsi risultati. James Erikson non era il Berseker più amichevole del pianeta. In effetti, gli ricordava suo padre. Luke aveva rivelato la sua intenzione di trovare Aubrey, promettendo di avere solo buone intenzioni, dando anche il nome e il numero di telefono di suo padre e di Stephen come referenza. Erikson restò a bocca chiuso e lo guardava scettico, nonostante sembrasse aver accettato il fatto del trovare forzatamente una compagna per la vita.

Proprio quando Luke stava per abbandonare e provare qualcosa di diverso, Erikson gli aveva detto di pensare che Aubrey lavorasse in "qualche tipo di rifugio per senza tetto, una stronzata sui diritti delle donne".

Almeno aveva dato a Luke un punto di inizio. Si trascinò fuori dal letto e si sfilò le scarpe e i vestiti, restando solo in boxer. Una delle cose più incredibili dell'essere tornato a casa era la possibilità di dormire quasi nudo, e cercava di approfittare della cosa. Beh, almeno nelle notti in cui si sentiva calmo abbastanza per svestirsi completamente.

Spegnendo la luce sul comodino, si sdraiò sulla schiena e fissò il soffitto. La sua mente tornò a Aubrey. Aveva avuto un aspetto così eccitante quella sera, elegante e truccata. Il vestito che indossava era molto innocente, e gli faceva pensare a cosa ci fosse sotto di esso. Quando l'aveva spogliata, a San Diego, indossava un reggiseno rosso e delle mutandine di pizzo nere.

Si mosse sul letto, la sua mano scese a posarsi sulla punta della sua erezione sempre più dura. Luke chiuse gli occhi e ricordò il modo in cui Aubrey aveva tremato quando le aveva tolto il vestito, più per via dell'eccitazione che dell'aria fredda sulla sua pelle. Quella pelle...

Aubrey era incredibile, dalla sua pelle color pesca e crema, fino alle unghie dei piedi dipinte di rosso vivo. A Luke piacevano tutte le donne, di qualsiasi fisicità, ma amava particolarmente le donne con le curve, come Aubrey. Ad alcuni uomini non piacevano le donne più robuste, ma Luke amava un bel sedere pieno e dei seni prosperosi, gli piacevano le donne che poteva stendere, massaggiare e scopare con passione.

Pensandoci, la immagino nuda e pronta per lui, Luke spinse giù i suoi boxer e prese in mano la propria erezione. Era già così eccitato che un solo movimento del suo pugno lo fece inspirare profondamente, mentre la sua erezione pulsava tra le sue dita. Avrebbe dovuto calmarsi un attimo, se volesse durare più di mezzo minuto. Però, pensando alla sua ragazza... era così perfetta, che lo faceva impazzire.

Con Aubrey, non aveva sentito il minimo bisogno di trattenersi. Quando l'aveva spogliata del suo vestito, l'aveva stretta forte a sé e l'aveva baciata con passione, assaggiandola. Era così sensibile e reagiva a ogni tocco della lingua di Luke sulla sua, ogni movimento delle mani sui fianchi. Ma anche lei aveva fatto del suo meglio, graffiandogli la testa e le spalle, mordicchiandogli un labbro, gemendo nella sua bocca quando lui aveva fatto scivolare la mano verso il basso facendo scorrere le dita davanti ai suoi slip.

Quando Luke pensò al momento in cui aveva toccato per

la prima volta la sua apertura calda e umida, gemette. L'aveva fatta sdraiare sul letto e l'aveva spogliata completamente, prendendo tra le mani i suoi grandi seni, mordendo e leccando, e succhiando i suoi capezzoli rosa come un petalo, finché lei non aveva iniziato a dondolare i fianchi e a respirare a fatica. Poi le aveva aperto le ginocchia e l'aveva stuzzicata, toccandole le ossa dei fianchi, l'interno coscia e la curva del suo sesso. Quando fece scorrere un solo dito tra le sue pieghe rosa, era già incredibilmente bagnata per lui.

Luke iniziò a muovere la mano sulla sua erezione sempre più veloce e con più foga, sentendo i suoi testicoli contrarsi.

Mandò avanti veloce quel momento nei suoi ricordi, pensando a quando l'aveva messa a carponi, sulle mani e sulle ginocchia, aperta per lui e pronta a prenderlo fino in fondo. Si era immerso dentro di lei, nel suo stretto calore che lo avvolgeva come un guanto. Proprio come ora, si era dovuto trattenere per dominare il suo orgasmo che minacciava di sopraffarlo.

Poi lei aveva iniziato a parlargli, incoraggiandolo.

"Scopami, Luke", aveva detto ansimando. "Sì, proprio così, lì, bravo. Sì, fammi venire, Luke!".

E poi era venuta, stringendo la sua erezione e urlando il suo nome...

Luke perse il controllo in quel momento, inarcandosi sul letto mentre veniva. Il suo seme sgorgò nella sua mano e gemette mentre immaginava Aubrey che lo accoglieva, coprendolo con i suoi caldi umori, implorando di averne di più. Alla fine cedette, tremante e respirando a fatica.

Gli ci volle un intero minuto per alzarsi e andare a lavarsi. Guardò il letto prima di infilarsi di nuovo nelle coperte, rendendosi conto che pensare al tempo trascorso con Aubrey lo aveva fatto sentire meno solo per qualche minuto. Ora, ovviamente, si sentiva peggio di prima.

Avvolgendosi nella coperta, Luke chiuse gli occhi e si sforzò di rilassarsi, lasciando che il sonno lo cullasse. Il suo ultimo pensiero fu che forse, presto, non avrebbe più dovuto dormire da solo.

4

Luke arrivò con la sua berlina nera a noleggio e parcheggiò in Mission Avenue, nella tranquilla zona centrale di Sunnyside, in California. Controllò il pezzo di carta che aveva posato sul sedile del passeggero, assicurandosi che l'indirizzo che c'era sopra fosse corretto. Controllando i numeri ai due lati della strada, non ci volle molto per trovare l'edificio basso di mattoni a metà dell'isolato. Non c'era nulla fuori che ne indicasse il contenuto, tranne una piccola placca di bronzo su cui era scritto l'indirizzo. Un ultimo sguardo al pezzo di carta confermò che l'edificio era proprio il Rifugio per donne di Sunnyside, l'attuale luogo di lavoro di Aubrey.

Dietro a quei noiosi mattoni c'era un rifugio per donne super segreto e una risorsa per le vittime di violenza e abusi domestici. Anche se le tracce che portavano al rifugio erano state poche e sparpagliate, Luke aveva trovato il nome di Aubrey sulla lista di diversi eventi di raccolta fondi, e mai come donatrice. Gli venne in mente allora che probabilmente Aubrey lavorava per un'organizzazione no profit. Quando erano stati insieme a San Diego, aveva accennato al fatto di volere di più per la sua comunità, in particolare per le donne intrappolate in case non sicure.

Luke aveva seguito gli indizi, trovando diversi rifugi che avevano ricevuto fondi tramite gli eventi a cui aveva partecipato Aubrey, e poi aveva fatto un confronto incrociato tra i nomi delle organizzazioni e le posizioni dei rifugi. Aveva trascorso la maggior parte della mattina a raffinare la lista delle possibilità. I rifugi per donne erano incredibilmente sicuri, quindi era stato difficile, ma una segretaria aveva fatto un passo falso e aveva reagito nel sentire il nome di Aubrey.

Ora stava fuori dal Rifugio per donne di Sunnyside, sperando di non star sbagliando tutto. Prima che potesse tirarsi indietro, Luke si avviò verso la porta blindata della casa. Quando abbassò la maniglia si rese conto che era chiusa a chiave, per cui premette il campanello anonimo sul lato destro della porta. Ci fu un suono meccanico dall'altro lato, e Luke alzò lo sguardo dritto dentro la telecamera di sicurezza che si girarono verso di lui. Fece un passo indietro e tenne la faccia verso l'altro, cercando di non sembrare minaccioso. Era difficile apparire innocui quando eri alto un metro e novanta, avevi i capelli neri e la barba folta. Gli orsi mutaforma non erano mai piccoli di stazza, e in genere non andavano in giro con sorrisi smaglianti stampati in viso.

Doveva aver superato l'ispezione visto che un momento dopo la porta emise un rumore e si aprì. Lui la spinse ed entrò in una stanza rivestita di piastrelle bianche dove c'erano altre due porte blindate che proteggevano una reception coperta da un vetro antiproiettili. Si avvicinò al vetro, chinandosi per guardare la ragazza bionda che lo fissava di rimando. Lei alzò una mano e premette il pulsante dell'interfono prima di parlare.

"Posso aiutarla?", disse con una voce metallica.

Lui si chinò verso il microfono sul lato e premette il pulsante a sua volta.

"Ehm, sì. Ho chiamato per prendere un appuntamento con Aubrey Umbridge", rispose.

La ragazza lo guardò per qualche secondo, poi scosse la testa.

"Mi dispiace, non so se posso aiutarla".

"Può chiedere a Aubrey di venire qui? Lei vorrà vedermi", disse Luke. Cercò di tenere un'espressione tranquilla e neutra, sperando di non spaventare la ragazza. Non era lì per fare del male o per spaventare, ma non era neanche venuto con il benestare di Aubrey.

La ragazza premette di nuovo il pulsante.

"Mi dispiace. Non posso aiutarla. Devo chiederle di andare via", disse.

"Signora, le prometto che Aubrey mi conosce. Sono solo qui per vederla. Noi, uhm, siamo amici", disse, guardandola in modo da farle capire che tra loro erano intimi.

"Non posso...", iniziò a dire di nuovo la ragazza, ma a quel punto la porta dell'ufficio si aprì e ne uscì Aubrey. La bionda si girò, spalancando gli occhi. Aubrey aprì la bocca, probabilmente stava per salutarla, ma ci vollero pochi secondi perché il suo sguardo scattasse verso l'altro.

Il modo in cui i suoi occhi e bocca si assottigliarono fecero capire a Luke che era ancora meno felice di vederlo di quanto lui sospettasse. Aubrey rivolse di nuovo lo sguardo sulla donna, sorridendole rassicurante e dandole una pacca sulla spalla. La bionda si alzò e lanciò un ultimo sguardo sospettoso a Luke prima di andare via.

Aubrey si avvicinò arrabbiata alla finestra e si abbassò sull'interfono, i suoi scuri capelli rossi ondeggiavano sul suo corpo curvo mentre allungava la mano per premere il pulsante con una sola unghia laccata di rosso.

"Cosa ci fai qui?!, chiese, i suoi occhi smeraldo traboccavano di emozioni.

Luke fece un passo avanti, le sue labbra si curvarono in un sorriso alla sua vicinanza. Premette anche lui l'interfono e si chinò.

"Sono qui per vederti", disse.

Lei fece una smorfia e si chinò di nuovo in avanti, il suo vestito di cotone nero aveva una scollatura molto pronunciata che gli concesse uno sguardo sui suoi seni pieni e cremosi. Luke la guardò dritto negli occhi ed emise un lieve gemito, sapendo che lei avrebbe letto il suo linguaggio del corpo anche se non poteva sentirlo. La vide irrigidirsi, reprimendo un brivido, e il suo orso grugnì di felicità. Reagiva ancora alla sua presenza, almeno quello.

"Non so neanche come hai fatto... Dio, come hai fatto a scoprire che lavoro qui?", chiese.

"Conosco delle persone", disse Luke con una scossa di spalle.

Aubrey si coprì gli occhi con la mano per un momento, come se stesse combattendo contro qualcosa. Curiosità, forse. Rabbia. Desiderio, se Luke era fortunato. Dopo un attimo lo guardò e si chinò di nuovo, premendo il pulsante per farsi sentire.

"Senti, non so cosa ci fai qui. Non so cosa vuoi, e non mi importa. Devi andare via. Questo è...", Aubrey fece una pausa e scosse una mano per indicare il rifugio. "Questo non è il tipo di posto dove un uomo può presentarsi così, cercando di trovare una donna. Anzi, è proprio il contrario".

Luke incurvò le spalle e annuì, anticipando la sua reazione.

"Lo so. Ho pensato che sarebbe stato meglio venire qui che a casa tua".

La bocca di Aubrey si incurvò in un arco di dispiacere.

"Uh, ehm. Non è confortante. Di cosa hai bisogno, esattamente? Perché hai esattamente un minuto prima che chiami qualcuno che ti accompagni fuori", disse arrabbiata.

"Voglio che tu esca con me, un appuntamento...", disse, semplicemente.

Aubrey aprì la bocca e poi la richiuse. Era curioso vedere la sorpresa sul suo volto e fece sorridere Luke.

"Tu..." iniziò a dire, poi si interruppe. "Mi hai rintracciato sul mio posto di lavoro, un rifugio segreto per donne, aggiungerei... E lo hai fatto per chiedermi di uscire?"

"Sì", rispose Luke, con un sorriso. Stava osservando il suo corpo, notando come i suoi respiri diventassero più veloci, come la pelle del collo e del torace avesse cominciato ad arrossarsi, come lei stesse scavando le unghie di una mano in un innocente cuscinetto sulla scrivania. Gli stava davvero rispondendo in modo magnifico, proprio quando avrebbero finalmente sc...

"Devi andartene", disse Aubrey, sbattendo una pila di documenti sulla scrivania di metallo, producendo un rumore che lo fece sobbalzare. Quando alzò gli occhi su di lei, sembrava in difficoltà e confusa. Non proprio il benvenuto appassionato che aveva sperato, ma...

"Lascio qui il mio biglietto da visita, così potrai contattarmi se vorrai", disse lui, posando il biglietto sul bancone.

Quando sbatté la mano sul vetro, la sua frustrazione fu evidente, Luke alzò le mani in segno di resa e fece un passo indietro. Lanciò a Aubrey un ultimo sguardo, ammirando il suo petto muoversi col suo respiro e il modo in cui arrossì sotto la sua ispezione, poi si girò e uscì dalla porta blindata.

Una volta tornato in strada, socchiudendo gli occhi per il luminoso sole pomeridiano, Luke sorrise ancora una volta.

"Poteva andare peggio", disse, annuendo tra sé.

Dopotutto, pensò tornando alla sua auto a noleggio, almeno Aubrey aveva reagito alla sua presenza. Chiaramente provava qualche tipo di sentimento verso di lui, altrimenti non si sarebbe arrabbiata così tanto alla sua vista. Spinse via la vocina nel fondo della sua mente, quella che gli diceva di non essere stato il primo uomo ad entrare nel Rifugio per donne di Sunnyside in cerca una donna, pensando lo stesso tipo di pensieri.

Ma a differenza di quegli ex mariti perdenti e psicotici, a Luke importava di Aubrey. Non le aveva mai fatto del male prima, e mai, mai e poi mai lo avrebbe fatto. Non era uno scienziato, ma sapeva riconoscere una cosa buona quando la vedeva. E Aubrey...

Accidenti, Aubrey era fantastica.

Fischiettando, partì con l'auto e si diresse verso il suo hotel. Doveva pensare ancora ad un po' di cose, a quanto pare.

5

MARTEDÌ

Aubrey uscì dal suo maggiolino ed entrò nel parcheggio di ThanksALatte, la sua caffetteria preferita. La luce del primo mattino filtrava attraverso le nuvole, promettendo altre ventiquattro ore di tempo splendido. Normalmente questa era l'ora del giorno preferita di Aubrey, abbastanza presto per rilassarsi in pace e tranquillità, per riflettere un po' su sé stessa prima di iniziare la sua giornata piena di impegni.

Beh, non oggi. La visita di Luke l'aveva fatta stare in pensiero per tutto il pomeriggio del giorno prima, e per tutta la notte non aveva fatto altro che rigirarsi nel letto. Ora era tutta in disordine, esausta e aveva un aspetto sconvolto. Aubrey aprì la porta principale della caffetteria con una spinta, rabbrividendo quando sbatté contro il muro, poi si fece strada con passo pesante fino alla cassa.

"Un chai latte scremato medio, caldo", borbottò al ragazzo che lavorava alla cassa.

"Ma tu sei Aubrey?" le chiese, regalandole un sorriso brillante.

"Uhm, sì...", disse, accigliandosi con lui.

"Fico! La tua colazione è già stata pagata. Tutte le colazioni per questa settimana, in realtà. E anche qualsiasi altra cosa tu voglia", le disse il ragazzo.

"Davvero?" chiese, incrociando le braccia.

"Sì. Un grosso tizio è venuto qui stamattina e ci ha chiesto di addebitare tutto sulla sua carta", rispose il cassiere.

Aubrey sbuffò, ignorando l'espressione confusa del tipo.

"Bene. In questo caso, dammi dieci caffè e cinque cappuccini. Insieme al mio chai", disse. "E puoi aspettarti lo stesso ordine ogni giorno di questa settimana alla stessa ora, finché Luke non dirà il contrario".

"Uh, certo. Subito", disse il cassiere, passando l'ordine al barista.

"Fantastico. Il mio ufficio lo adorerà", gli disse Aubrey.

Detto questo, lasciò una banconota da cinque dollari come mancia e si spostò all'altra estremità del bancone ad aspettare, scuotendo la testa nel frattempo.

6

MERCOLEDÌ

Aubrey entrò nel parcheggio del suo condominio dopo il lavoro, ancora eccitata dai quattro caffè che aveva bevuto durante la giornata. Saltò fuori dall'auto e cercò di non oltrepassare la sua porta d'ingresso, rallentò il passo quando vide una lunga scatola bianca poggiata contro la porta. Era avvolta in un vellutato fiocco scarlatto, in cima era stato fissato un biglietto. Si chinò e la prese, poi entrò nel suo appartamento. Dopo aver lasciato cadere le chiavi e la borsa sul tavolo della cucina, non poté resistere ad aprire la scatola.

La maggior parte della scatola era stata riempita con uno splendido mazzo di rose rosso sangue e dei gelsomini bianco puro, il tutto avvolto in un nastro di stoffa. Aubrey si morse un labbro, resistendo a qualsiasi reazione. Non aveva mai ricevuto fiori prima d'ora, quindi naturalmente si sentì un po' emozionata. Non aveva niente a che fare con Luke, era solo una sensazione di felicità generale.

Guardando nella scatola, vide che dentro c'era un DVD e un semplice pezzo di carta bianca con un messaggio sul davanti. Recitava così:

Mi sembra di ricordare che tu abbia detto che ti piacciono le commedie romantiche. Questo film viene caldamente consigliato da mia madre. Per favore, gustatelo con i miei complimenti e non stupirti quando sentirai il campanello di casa suonare. Ti meriti una notte di relax. Non dimenticare di mettere i fiori in acqua.
- Luke

Aubrey aggrottò la fronte guardando il biglietto e posò gli occhi sul cofanetto del DVD.

"Ragazze vincenti", lesse ad alta voce. Poi scrollò le spalle, non lo aveva mai visto.

Quando il campanello suonò pochi secondi dopo, le prese quasi un colpo. Corse alla porta e la aprì, aspettandosi di trovare Luke sul gradino della porta.

"Ciao!", disse un ragazzo con in mano un paio di scatole con cibo da asporto.

"Oh... ciao?", disse Aubrey.

"Sì, Aubrey? Ho una consegna per te", disse. "Non devi neanche firmare o altro".

"Fammi indovinare. L'ha ordinato un grosso uomo dai capelli scuri", chiese.

"Non lo so. Io consegno e basta", disse il tizio scrollando le spalle.

"Giusto. Ma certo. Lasciami prendere la borsa", sospirò.

"No, se ne sono già occupati", disse il tizio, porgendole le scatole fino quando lei non le accettò. "Notte, signora".

Mentre chiudeva la porta, Aubrey notò un incredibile aroma che fuoriusciva dalle scatole. Le posò sul tavolino del salotto, poi le aprì e trovò un'enorme bistecca ancora calda, patate fumanti, un'insalata verde croccante e un pezzo di cheesecake al cioccolato. Prima che potesse decidere come si sentiva, il suo stomaco gorgoglio dalla fame, e Aubrey non poté fare a meno di ridere.

"Va bene", si disse. Prese le posate, un bicchiere di merlot, e il DVD che Luke le aveva mandato. Si mise comoda, ricordando a sé stessa che poteva raccogliere i benefici della situazione senza farsi coinvolgere troppo.

"Non è un problema", mormorò, prendendo un morso di bistecca mentre iniziava il film.

7

GIOVEDÌ

Aubrey sorseggiava il suo secondo chai del giorno, dopo aver rinunciato al vero caffè dopo un'altra notte passata a rigirarsi nel letto. La sua mente vagava mentre sfogliava un po' di scartoffie, sospirando. Questo mese doveva sommare molte spese e, come al solito, non aveva ancora idea di come l'avrebbe fatto. Il rifugio ospitava dieci famiglie o fino a trentacinque persone alla volta, e la maggior parte di queste arrivavano senza un soldo o a volte anche senza abbastanza vestiti per una settimana. Sebbene il Rifugio per donne di Sunnyside avesse una vasta rete di dispense alimentari, centri di donazione di vestiario e altri sponsor, non c'era mai abbastanza per essere davvero sereni. Far combaciare tutti i pezzi era uno dei tanti lavori di Aubrey, e questo mese erano un po' a corto di fondi.

Aveva bisogno di concentrarsi, ovviamente. Luke era un'enorme distrazione, ed era tutta la settimana che non riusciva a stare al passo.

"Toc, toc!"

Aubrey alzò gli occhi e sorrise quando trovò la sua

migliore amica e collega di lunga data Valerie in piedi sulla porta, la stava scrutando.

"Ehi. Che succede?", chiese Aubrey.

"Potrei chiederti la stessa cosa", disse Valerie, inclinando la testa. "Qualche notizia che vorresti condividere con la tua migliore amica?"

"Ehm... no?", rispose Aubrey con una scrollata di spalle.

"Va bene. Beh, allora è meglio che tu venga a vedere questo", disse Valerie, girandosi e invitandola a seguirla. Valerie la condusse fuori dagli uffici e insieme attraversarono i dormitori e le camere familiari, nella zona posteriore del rifugio che ospitava la cucina e le aree di manutenzione.

Aubrey la seguì, perplessa. Quando Valerie la portò nella piccola lavanderia, Aubrey sospirò.

"Una delle macchine perde di nuovo? Non posso sistemare le cose questa settimana, lo sai", disse rivolta a Valerie.

"No, non è per questo che siamo qui", disse Valerie. Allungò la mano dentro la stanza e accese la luce.

Aubrey restò a bocca aperta mentre entrava. I tre set di lavatrici e asciugatrici vecchi di anni e a malapena funzionanti erano spariti. Al loro posto c'erano sei unità di lavaggio e asciugatura disposte una sull'altra, tutte di un bianco immacolato.

"Cos...", Aubrey era meravigliata.

"Sì. Queste sono così belle e nuove, che ridurranno anche la nostra bolletta elettrica ogni mese", disse Valerie, dando ad Aubrey un altro sguardo di valutazione. "Ora hai qualcosa da condividere con me?".

"No, io... Valerie, da dove vengono queste?", chiese Aubrey, alzando le mani per indicarle.

"Il tuo nuovo ragazzo le ha fatte consegnare pochi minuti fa, e poi se n'è andato".

"Il mio nuovo ragazzo", ripeté Aubrey, confusa.

"Sì, quel tipo super figo che se ne va in giro a chiedere di te...", disse Valerie.

"Oh, mio Dio", esclamò Aubrey premendosi una mano sul petto. "Non può essere stato lui! Come poteva sapere che avevamo bisogno di queste?"

"L'altro giorno mi ha chiesto del rifugio, e potrei aver detto che avevamo bisogno di nuove lavatrici e asciugatrici. Stavo solo evitando di dargli informazioni su di te", disse Valerie alzando le spalle.

"Oh, mio Dio", ripeté Aubrey, tornando a guardare le macchine. "Devono essere costate una fortuna!".

"Sì, sembra che il tuo nuovo uomo sia uno con tanti bei soldi", disse Valerie, la sua irritazione stava crescendo.

"Non è il mio nulla. Sta cercando di farmi uscire con lui", spiegò Aubrey.

"E tu non lo fai perché, esattamente?", chiese Valerie.

"È complicato. Potrebbe essere che... mi stia perseguitando, tipo uno stalker", disse Aubrey.

"Va... bene. E non hai sentito il bisogno di condividerlo con me?", chiese Valerie, incrociando le braccia e arricciando le labbra. Sembrava preoccupata, il che faceva sentire Aubrey un po' in imbarazzo. Luke si stava imponendo un po' nella sua vita, ma non le avrebbe mai fatto del male. Aubrey non poteva lasciare che Val pensasse così male dell'uomo, anche se avrebbe preferito che lui non stesse troppo nei paraggi.

"È solo che, non è niente. Non è pericoloso o altro. Solo...", Aubrey si fermò e si guardò intorno, scuotendo la testa. "È solo stranamente determinato. Ha mandato fiori, ha comprato i caffè che ho portato per tutta la settimana, si è presentato qui cercando di parlarmi. Sai, questo genere di cose".

"Non sembri esattamente una ragazza spaventata per la propria vita", disse Valerie, ammorbidendo l'espressione.

"Luke non è così", disse Aubrey.

"Luke, eh? Allora perché non esci con questo Luke, il ragazzo super sexy che compra elettrodomestici per i rifugi delle donne e fa cose carine per te? Perché...?", chiese Valeri. "Oh, giusto. È complicato".

Valerie sbuffò e scosse la testa.

"Sì," asserì Aubrey, la sua voce sembrava debole alle sue orecchie.

"Va bene. Beh, ho finito per oggi e sono libera domani e sabato. Siamo ancora d'accordo per domani sera?", chiese Valerie.

"Sì, sì... certo", disse Aubrey. "Non me lo perderei mai".

Valerie le lanciò un ultimo sguardo prima di lasciare Aubrey a contemplare l'enorme dono che Luke aveva fatto al rifugio. Dopo qualche minuto, Aubrey tornò in ufficio e prese il suo cellulare. Estrasse il biglietto da visita di Luke dalla borsa, digitò il numero sul telefono e scrisse un messaggio in tutta fretta.

Bel tentativo. Non puoi comprarmi, amico. Dovresti arrenderti.

Aubrey lanciò il telefono sulla scrivania con un sospiro, scuotendo la testa. Questa volta, però, non era sicura se fosse più delusa da Luke o da sé stessa.

8

VENERDÌ

Aubrey succhiò le ultime gocce del suo cocktail fruttato attraverso la cannuccia, inclinando il bicchiere per ammirare il modo in cui le luci al neon del bar giocavano sulla sua superficie liscia. Sul palco, uno dei loro collaboratori stava cantando al karaoke, una triste canzone di Patsy Cline. Normalmente Aubrey amava questa canzone, ma in questo momento era un po' ubriaca e.... beh, ok. Si sentiva un po' sola.

"Ragazza, devi tirartene fuori", disse Valerie, chinandosi sull'amica e stringendo il braccio di Aubrey. "Un tizio che non ti sei nemmeno presa la briga di chiamare non ti ha prestato attenzione non richiesta per un giorno intero, e sei seriamente depressa per questo?".

"No, no, no. Sto bene", assicurò Aubrey all'amica. "Davvero. Penso di aver avuto una settimana lunga e non ho dormito abbastanza. Forse un altro di questi drink mi tirerà su".

"Prendimene uno anche per me mentre sei al bar, va bene?", chiese Valerie.

"Certo", disse Aubrey, scivolando dalla sedia e dirigendosi verso il bar.

Dopo aver preso da bere, tornò sui suoi passi e ripercorse la strada fino al tavolo, proprio in quel momento sentì un enorme scoppio di risate tra le sue amiche. Sgomitando fino alla sua sedia, rischiò quasi di far cadere i bicchieri sul pavimento dalla sorpresa.

Di fronte alla sua sedia c'era Luke, indossava un paio di jeans scuri e una maglietta grigio chiaro che abbracciava il suo fisico muscoloso. Sorrise a qualcosa che Valerie stava dicendo, poi rise mentre accettava un cinque da Nancy. Shawna si chinò verso di lui, e le sopracciglia di Aubrey si sollevarono quando notò che la donna stava annusando la spalla di Luke.

"Ma che diavolo?", chiese Aubrey, abbassando i bicchieri e incrociando le braccia.

Tutti si girarono a guardarla, ma aveva già commesso il grave errore di catturare l'attenzione di Luke. Quei suoi occhi verdi che ricordavano il mare in tempesta la guardarono brucianti, i bordi gialli delle sue iridi sfavillarono visibilmente quando posò gli occhi sulla bocca di lei. Aubrey tremò, anche se non aveva affatto freddo.

"Aubrey, questo è il tizio che ha comprato una nuova lavanderia per il rifugio!", cinguettò Nancy, dando al braccio di Luke una pacca giocosa. "Conosce Valerie".

"Ah sì?", chiese Aubrey, sfidandolo.

"Oh, certo. Voglio dire, ci conosciamo", la provocò Luke.

Mentre Aubrey lottava per trovare le parole giuste per farlo vergognare, l'ultima canzone del karaoke finì e il DJ si alzò con il suo microfono.

"Faaaaantastiiicoooo, signore e signori, arrendetevi a Samantha. Non è stata meravigliosa? Va bene. Il prossimo, abbiamo Luke! Luke, vieni qui e canta per noi!", chiamò il tizio.

Luke si alzò dallo sgabello del bar e fece l'occhiolino ad Aubrey prima di girarsi e dirigersi verso il palco.

"Ehm, 'sera", disse Luke nel microfono. "Di solito non lo faccio, ma vorrei dedicare questa canzone ad Aubrey Rose. Aubrey, spero che questo ti faccia cambiare idea".

Le prime note cominciarono a suonare, e tutta la sua tavola di amiche urlò con entusiasmo, dandole delle gomitate e lanciandole occhiate incoraggianti.

"Ain't no sunshine when she's gone...", iniziò a cantare Luke, guardando il pubblico arrossì. "Ain't no sunshine when she's gooooone..."

Aubrey sbatté le palpebre, sorpresa di quanto fosse bella la sua voce. Luke si spostava avanti e indietro sul posto, sembrava terribilmente a disagio, ma cantò l'intera canzone senza guardare le parole. Quando finì, la maggior parte del bar applaudì selvaggiamente, alcune donne fischiarono in apprezzamento e salirono sul palco per congratularsi con lui.

Luke tornò al tavolo, ignorando le amiche di lei che si erano fatte improvvisamente silenziose quando lui si avvicinò al suo posto e si fermò proprio di fronte ad Aubrey. Aubrey chinò la testa all'indietro mentre lo fissava mordendosi il labbro, non sapeva cosa dire. Luke si avvicinò e le prese una mano tra le proprie, facendo scorrere una calda scarica di elettricità sulla sua pelle che le fece venire la pelle d'oca.

"Aubrey", disse Luke, chinandosi in basso in modo che la sua bocca fosse a pochi centimetri da quella di lei. Aubrey rabbrividì, consapevole della sua presenza, ma anche di quella delle sue amiche ficcanaso, che li stavano guardavano tutte con gioia non dissimulata.

"Aubrey, vuoi uscire con me?", chiese Luke, facendole un sorriso timido.

Aubrey si leccò le labbra, lasciando che il momento si allungasse, infine annuì.

"Ok", disse.

Un sorriso illuminò la faccia di Luke, e posò un bacio veloce sul polso di lei, provocando urletti di gioia e sorpresa tra le amiche.

"Va bene", disse. "Ti lascio alla tua serata, allora".

Le fece l'occhiolino e poi se ne andò senza un'altra parola, lasciando Aubrey nel mezzo di un intero gruppo di amiche eccitate e adoranti. Nonostante l'emozione, lo stomaco di Aubrey affondò. Quella parte profonda e triste di lei, nascosta troppo a fondo per vedere la luce del giorno, stava risorgendo. Il suo segreto era ancora sepolto, ma non tanto quanto avrebbe dovuto...

9

"Non lo so, V", sospirò Aubrey, mettendo da parte la sua tazza di tè ormai fredda. Si appoggiò all'indietro lasciandosi abbracciare dallo schienale ovattato delle poltroncine di peluche nel suo appartamento, rivolgendo a Valerie uno sguardo attento. Dall'altra parte del tavolo, Valerie posò la propria tazza di tè e sbuffò.

"Hai qualche motivo per non fidarti di questo tizio, Aubrey?", chiese Valerie, aggrottando le sopracciglia. "Non ti ho mai vista così esitante riguardo a un semplice appuntamento".

Aubrey lanciò uno sguardo a Valerie, incerta su come spiegarle come stavano le cose. La sua migliore amica era meravigliosa ed empatica, ma era anche un normale essere umano. Non importa quanto fossero vicine come amiche, Aubrey non avrebbe mai potuto raccontare a Valerie della sua provenienza Berserker, o degli incontri organizzati a cui era obbligata a partecipare dal Consiglio degli Alfa.

"Non riesco a spiegarlo. So solo che passare del tempo con lui è importante. Nel senso che sta cercando qualcosa di serio", disse Aubrey, alzando le spalle. Non era la sua vera ragione, anche se era abbastanza vero. Ma nemmeno Val sapeva delle conseguenze dell'incontro di Aubrey con Luke la prima volta, e lei voleva che rimanesse così.

"E tu sei disposta a negare a te stessa quel grosso pezzo d'uomo solo perché pensi che stia cercando qualcosa di serio? Devi essere cieca o pazza. O forse entrambe", la prese in giro Valerie, prendendo la sua tazza e sorseggiando il tè.

Aubrey alzò gli occhi al cielo, tamburellando con la punta delle dita sul bordo del tavolo.

"Sto bene così. Ho te, ho il rifugio, ho una vita. Non mi serve nient'altro. Non ho bisogno che un uomo mi dica cosa fare, o come vivere".

"Ragazza, quello che ti serve è scopare! E quel tizio... ha praticamente scritto sul suo corpo possente e muscoloso di essere uno in grado di fare del sesso bollente. Vai ad un appuntamento, lascia che ti offra la cena e poi lo porti a casa per una notte. Wham, bam, bam, semplice soddisfazione", consigliò Valerie, rivolgendo ad Aubrey uno sguardo consapevole. "O forse hai paura che una sola notte ti faccia desiderare di più, eh?".

Aubrey non poté evitare di arrossire, ma scosse la testa.

"No. Neanche per sogno. Ho accettato l'appuntamento e mantengo le mie promesse. Quindi ci andrò, ma sarà la fine di questa storia".

Il campanello suonò e Aubrey alzò la testa di scatto.

"Aspetti qualcuno?", chiese Valerie, seguendo Aubrey mentre si alzava e si dirigeva verso la porta d'ingresso.

"No. Tengo il mio indirizzo privato, proprio come te. Regole del rifugio".

Aubrey scostò la tenda vicino alla porta, sbirciando fuori.

"Ma che diavolo?", mormorò, aprendo la porta. Un corriere in bicicletta stava lì, con in mano una scatola nera rettangolare legata con un nastro dorato. Il pacchetto era grandissimo, largo trenta centimetri e lungo sessanta.

"Aubrey Umbridge?", chiese il tizio, tenendo in bilico la scatola mentre tirava fuori un tablet dal borsello che aveva legato alla cintura. "Può firmare qui, per favore?".

"Uh... va bene", disse Aubrey, scarabocchiando il suo nome sulla linea tratteggiata.

"Fantastico. Ecco a lei", disse, spingendole la scatola tra le braccia. Era più leggera di quanto sembrasse, almeno. All'ultimo secondo, si girò di nuovo verso di lei. "Oh, sì. C'è un biglietto".

Dopo aver infilato un biglietto bianco tra le dita di Aubrey, saltò sulla sua bicicletta e si allontanò.

"Consegna speciale?", chiese Valerie, la sua curiosità era evidente.

"Sembra di sì", disse Aubrey, tornando dentro e chiudendosi la porta alle spalle con un piede. Portò la scatola nell'angolo dove erano sedute prima, la mise sul tavolo e guardò il biglietto.

CENA. *Stasera alle 19:00. La Sala Tonga, 950 Mason St. Indossa uno di questi, se vuoi.*

— L

"BEH, COSA DICE?", chiese Valerie, praticamente strappando la carta dalla mano di Aubrey. "Ooooh, L! Oddio, apri la scatola!".

Aubrey prese un respiro profondo e si voltò verso l'elegante scatola nera, slegando accuratamente il nastro e alzando il coperchio. La carta velina color crema cedette aprendosi sotto le dita di Aubrey per svelare due splendidi abiti. Entrambi erano abiti lunghi fino a terra, ed erano bellissimi. Uno era nero, con una scollatura a cuore e delicati fiori color bronzo ricamati dalla vita in giù. L'altro era rosa pallido, con una scollatura profonda, con minuscole perline dorate lungo la scollatura e la vita, e-

"Guarda la fessura laterale di quel vestito!", strillò Valerie, sembrava felicissima lì accanto ad Aubrey. "Oddio, Oh mio Dio! Aubrey!".

Valerie si lanciò sull'amica, avvolgendola in un abbraccio entusiasta che fece quasi cadere a terra la scatola di Aubrey.

"Oops", disse Valerie, tirandosi indietro. "Scusa, sono solo eccitata. E gelosa, terribilmente gelosa".

Aubrey afferrò l'orlo del primo vestito, girandolo al rovescio per trovare l'etichetta. Le sue dimensioni esatte erano stampate lì, chiare come il giorno.

"Io..." iniziò a dire, poi fece una pausa. "Beh, merda".

Aubrey affondò sulla sedia, facendo cadere la faccia tra le mani. Per quanto ci provasse, non riusciva a fermare le lacrime che le bruciavano gli occhi. Il suo orso salì istantaneamente, pronto a caricare, ma incerto del bersaglio.

"Aub?" chiese Valerie, immediatamente al suo fianco. "Cosa c'è che non va, tesoro?"

Aubrey scosse la testa, mentre sentiva una stretta allo stomaco.

"Lui conosce la mia taglia di vestiti", borbottò, asciugandosi gli occhi.

"Sì, immagino", disse Valerie.

"È una cosa così personale!"

"Oh, tesoro. Non credo che gli importi di qualche stupido numero. È lui che ti sta corteggiando, ricordi?"

"Sì, perché è obbligato a farlo!", protestò Aubrey.

"Che vuoi dire?", chiese Valerie, accovacciandosi per guardare Aubrey in viso.

"Non posso... non posso spiegarlo davvero", singhiozzò Aubrey. "Luke fa parte della stessa cultura dei miei genitori, ed entrambi siamo costretti a stabilirci con qualcuno della nostra razza".

"La tua razza? Cosa, anglosassone?", sbuffò Valerie divertita.

"Nordica, in realtà".

"Cosa?", chiese Valerie con uno sguardo strano.

"Scandinava", si corresse Aubrey. "Guarda, non importa. Ho incontrato Luke una volta, anni fa, e allora non era interessato a una storia seria. Ora probabilmente è terribilmente serio, ma non per le giuste ragioni".

"Aubrey", disse Valerie, prendendole la mano bagnata dalle lacrime. "Stai uscendo una sola volta con questo tizio, di certo non stai firmando la tua licenza di matrimonio. Non c'è nessuna pressione, qualsiasi cosa ci sia dietro. Ha scelto un ristorante davvero bello, ti ha preso due bei vestiti, e tutto quello che devi fare è solo andare a cena. È tutto qui".

"Non lo so, Val....", disse Aubrey sentendosi un po' stupida.

"Senti, facciamo un patto. Se hai bisogno di andartene, mandami un messaggio e verrò a prenderti. Penso che dovresti andare. Non sei più uscita davvero con qualcuno da..."

"Ok, ok", disse Aubrey alzando una mano per fermare la sua amica a metà frase. "Se ti chiamo nel bel mezzo della cena, però, devi venire a prendermi. Promettimelo".

"Certo che lo farò. Ora possiamo portare questi vestiti nella tua stanza e iniziare a scegliere qualche accessorio? Sto morendo dalla voglia di farlo", chiese Val.

"Sì, certo", disse Aubrey, lasciandosi trascinare dall'amica.

10

Alle 6:59 esatte, Aubrey era davanti agli ascensori della terrazza del Fairmont Hotel, con il cuore in gola. Vide uno specchio nell'atrio e si è diresse verso di esso per controllare il proprio riflesso un'ultima volta. Aveva scelto l'abito nero e bronzo, il più semplice dei due. Con i suoi capelli rosso scuro arrotolati in una massa sciolta alla nuca, l'eyeliner scuro allungato sull'occhio e il rossetto rosso rubino, Aubrey stava iniziando a trovare il proprio riflesso irresistibile.

Lo specchio mostrò l'alta figura di Luke che usciva dagli ascensori, e Aubrey si voltò per osservarlo. Indossava un abito scuro e impeccabilmente su misura, una camicia azzurra e un gilet di seta scura. Aveva i capelli più corti ai lati, e aveva tirato indietro la frangia più lunga in un modo che gli donava alla perfezione.

La parte migliore fu il modo in cui i suoi occhi si illuminarono quando la notò avvicinarsi. Le sue labbra si alzarono agli angoli, una fossetta gli apparve su una guancia, e lei fece caso alle narici che si allargavano. Stava annusando il suo aroma, anche dall'altra parte della stanza.

Sentì la pelle d'oca su tutto il corpo, ma Aubrey si tenne sotto controllo. Non si erano nemmeno salutati e lei era già super eccitata.

"Luke", fermandosi davanti a lui e porgendogli una mano. Lui la guardò sollevando le sopracciglia, ma accettò la sua mano, stringendola nella propria grande e calda. Il suo pollice le carezzo il polso, dove poteva sentire il battito del suo cuore e lei dovette sforzarsi per evitare di allontanarlo.

"Sembri...", si è fermò per un momento, con gli occhi che viaggiano dalla testa ai piedi della sua figura un paio di volte. "Sei bellissima, Aubrey. Avevo quasi paura che non ti facessi vedere".

Aubrey sorrise e alzò una spalla.

"Sei stato molto persuasivo", disse, voltandosi verso l'ingresso del ristorante. "Che dici, entriamo?"

"Certo. Spero che questo posto ti piaccia", disse Luke, sembrava un po' a disagio. "Me lo ha consigliato mia madre".

"In realtà non sono mai stata qui, ma ho sentito che è molto bello", disse Aubrey.

Luke si avvicinò e le prese il gomito, le sue dita erano calde contro la pelle nuda di lei. La guidò attraverso le grandi porte di legno scuro. Nel momento in cui entrarono, Aubrey non capì più dove guardare. Il centro della stanza era in realtà una piscina, anche se vuota. Cabine in legno scuro fiancheggiano la piscina, complete di tetti di paglia, luci appese e torce. In fondo alla sala da pranzo, una band suonava una vivace samba.

"Wow! Molto tiki", disse Aubrey, un sorriso le toccò le labbra per la prima volta da quando era arrivata al Fairmont.

"Si, hai ragione", concordò Luke.

Fece un cenno alla direttrice di sala, e ben presto

vennero accompagnati verso una delle cabine. Poco dopo arrivò una cameriera che prese la loro ordinazione da bere. Aubrey ordinò un cocktail, ma Luke si limitò a dell'acqua frizzante.

"Solo acqua, eh?" chiese, pentendosi subito quando si rese conto di quanto fosse giudiziosa.

"Uh, sì. Non bevo davvero, questo non è cambiato molto. Quando mi hai visto alla festa, stavo solo cercando di superare la notte. È stato un errore".

"Quindi tua madre ti ha consigliato questo posto?", chiese Aubrey, spostando la conversazione per evitare di parlare della festa. "È di queste parti?"

"No", disse Luke, muovendosi sulla sedia.

Aubrey lo guardò e sollevò le sopracciglia. Quando non proseguì con le spiegazioni decise di spingerlo un po'. Era un appuntamento, per l'amor del cielo, e avrebbero dovuto parlare. Tutta questa cosa era stata una sua idea, e di certo lei non avrebbe portato avanti tutta la conversazione da sola.

"Non parli molto, vero?", chiese.

Luke divenne una bella tonalità di rosso, e Aubrey quasi si sentì in pena per lui.

"Dimmi, come faceva tua madre a sapere di questo posto", suggerì.

Lui si schiarì la gola, sembrava avesse raccolto abbastanza energia per spiegare.

"Credo che lei e mio padre abbiano viaggiato molto quando mio padre era nell'Aeronautica Militare. Una volta avuto il suo terzo figlio, fece sì che mio padre lasciasse il servizio e si sistemasse".

"Wow, tre figli!" Aubrey esclamò. "Sono tanti".

Luke ridacchiò e scosse la testa.

"Sei, in realtà", la corresse.

"Porca puttana", disse Aubrey. Arrossendo e portandosi

la mano alla bocca subito dopo. "Mi dispiace. Impreco tanto".

"Ricordo", disse, e le sue labbra si arricciarono di nuovo agli angoli. Dal suo sguardo traspariva che ricordava anche tutte le altre cose che sapeva fare con la bocca. La passione che trasmettevano gli occhi di lui le fece avvampare le guance. Luke la lasciò in attesa qualche altro secondo prima di continuare.

"Sei ragazzi, sì. Mamma dice che è per questo che hanno scelto il Montana per stabilirsi. Così avremo avuto molto spazio a disposizione".

"Montana... Aspetta, il Lodge era casa tua?", disse Aubrey stupita.

"Sì, quella è la mia casa di famiglia. Siamo il clan dei Beran", disse Luke. Si sentiva l'orgoglio nella sua voce, era un sentimento che Aubrey non aveva mai provato per il suo stesso clan. Erano molto tradizionali e non particolarmente femministi, per questo Aubrey non sprecava il suo tempo a pensare a loro. Luke, a quanto pare, aveva un legame diverso con il suo clan.

"Il Lodge è bellissimo. Penso di aver parlato con tua madre per un po', mi ha spiegato la storia della zona", disse Aubrey. Poi sorseggio il suo drink e prese il menù.

"A mamma interessa molto la storia. La storia dei nativi americani, nello specifico. Pensa che sia simile alla storia dei Berserker. Sai, l'essere scacciati dalle proprie terre, appartenere a narrazioni mitologiche esagerate, metà di quei miti sono stati inventati dai bianchi per raccontarsi delle storie...". Luke agitò una mano, scuotendo la testa. "Non lo sto spiegando bene. Dovresti parlarne con lei".

Aubrey inarcò le sopracciglia a quel suggerimento che invitava a qualcosa di più. Luke le rivolse di nuovo quel suo mezzo sorriso, ma non ritrattò quanto aveva detto.

"Forse", disse Aubrey, scuotendo la testa. Poi affondò il viso nel menu, solo per sentire che qualche secondo dopo le veniva tirato via dalle mani con delicatezza da Luke.

"C'è un menù per famiglie", disse, aprendo il menù e voltando pagina. "C'è un po' di tutto. Lo dividi con me?"

"Involtini di uova, costine di maiale, fagioli sichuan, maialino arrosto...", lesse Aubrey ad alta voce. "È un sacco di cibo, Luke".

Per un orribile secondo, si chiese se Luke pensasse che lei avesse bisogno di un mucchio enorme di cibo ad ogni pasto.

"Mi hai già visto mangiare in passato, Aubrey. Corro sedici chilometri al giorno, cinque o sei giorni alla settimana. E poi sono un orso. Ho bisogno di molte calorie anche solo per sopravvivere", disse divertito.

Quando Luke le rivolse un sorriso dolce e genuino, però, Aubrey si sciolse un po'. Non aveva perso un briciolo del suo fascino da San Diego, questo era certo.

"Non mi sembra di ricordare che tu sia uscito dal letto per andare a correre", disse, sorpresa dal suo stesso tono provocante.

"Sarò anche pazzo, ma non sono così stupido da lasciare il tuo letto, Aubrey. E poi, penso che abbiamo fatto un sacco di esercizio fisico insieme, non credi?".

Aubrey arrossì di nuovo, distogliendo lo sguardo. Eppure, non poteva fare a meno di sorridere. I loro due giorni pieni di sesso erano stati davvero impressionanti.

"Allora, facciamo il menù di famiglia?", suggerì di nuovo Luke.

"Certo", rispose lei. Come se fosse stato d'accordo, il suo stomaco brontolò in anticipazione, e Aubrey fu felice di non aver insistito per prendere un'insalata come di solito faceva ai primi appuntamenti. Anche se, questo non era proprio un primo appuntamento, vero?

"Va bene", disse Luke, facendo un cenno alla cameriera e ordinando per entrambi.

"Ci vorranno circa trenta minuti, se non è un problema", disse la cameriera.

"Certo, figurati. Puoi portarle un altro di quei drink?", chiese Luke. La cameriera annuì e si precipitò a piazzare l'ordine.

Restarono seduti in silenzio per pochi minuti, Luke osservava Aubrey come fosse una sorta di premio che voleva disperatamente vincere. E poi, in un lampo, tutto cambiò.

Un uomo al tavolo dietro di loro uscì fuori dalla sua cabina con un grido, perdendo l'equilibrio e facendo cadere diversi bicchieri dal tavolo. Nel momento in cui i vetri si ruppero, il corpo di Luke si contrasse. La sua espressione era diventata cupa e attenta, la sua bocca divenne una linea crudele. Scattò in piedi e si girò verso l'uomo ubriaco, aveva il respiro affannato e rischiò quasi di rovesciare il loro tavolo nel processo. Se Luke fosse stato nella sua forma d'orso, avrebbe mostrato i denti e avrebbe avuto la pelliccia ritta sulla schiena. Un avvertimento che qualcosa di pericoloso era in arrivo.

"Luke!", disse Aubrey. Quando non rispose, lei si alzò e si allungò verso di lui toccandogli lievemente un braccio con la punta delle dita. "Ehi. Luke, ehi. Guardami, ok?".

Luke distolse l'attenzione dall'ormai tremante uomo ubriaco. Il suo sguardo si posò su Aubrey, e lei fu sorpresa di vedere come gli occhi di lui erano diventati più scuri. Aveva già visto una cosa del genere prima d'ora. Molte volte, in realtà. Suo padre era un veterano del Vietnam, e aveva la stessa reazione ogni volta che un'auto faceva rumore dalla marmitta.

"Ehi", disse ancora Aubrey. "Siamo solo io e te, ok?"

Luke deglutì a forza, lasciando cadere un po' le spalle.

"Ok. Scusa. Io, uh...", fece un respiro profondo e si sedette, sembrava imbarazzato.

"No, non preoccuparti. Non c'è bisogno di scusarsi", disse lei, raccogliendo il suo tovagliolo e sedendosi di nuovo. Girandosi il tovagliolo tra le dita cercava di pensare al modo giusto per chiedergli della sua storia.

"Quindi eri nell'esercito, giusto?" disse.

"Sì", confermò. La distrazione sembrava funzionare, perché lui stava lentamente rilassando, concentrandosi sulle sue parole. "Quasi dieci anni, sai?"

"Scommetto che hai già sorvegliato ogni porta di questa stanza, eh? Hai già una strategia d'uscita?", chiese.

Le labbra di Luke si incurvarono in un sorriso e lui le diede un lento cenno.

"Porta posteriore sinistra. Sbuca in un corridoio che conduce alla terrazza", disse.

"Hai già controllato questo posto?" chiese ancora.

"Sono arrivato qui prima di te, in realtà. Ho usato il bagno in quel corridoio, e poi sono sceso al primo piano, nel caso tu fossi lì".

"Ah! Probabilmente ero nell'altro ascensore quando sono salita. Ci siamo incrociati come estranei nella notte", lo preso in giro, sbattendo le ciglia e regalandogli il suo sorriso più affascinante. Aubrey era contenta che Luke sembrasse più rilassato, più chiacchierone di prima.

"Come facevi a sapere della strategia d'uscita?", chiese Luke, con gli occhi fissi nei suoi.

"Mio padre era arruolato. Nell'esercito, come te. Ha combattuto in Vietnam".

"Salta anche lui ad ogni piccolo rumore?", chiese Luke. Aubrey non poté non notare lo sprezzo nel suo tono di voce.

L'ossessione di Luke

"No, affatto. Mia madre dice che quando papà è tornato, gli ci è voluto un po' di tempo per rimettersi a suo agio. Ormai ci sono solo un paio di cose che lo fanno scattare, e penso che sia per lo più abitudine. È un testardo figlio di puttana", rispose lei.

"L'esercito sembra averne in gran numero", disse Luke. Esitò per un momento. "Mi dispiace davvero per quello che è successo, poco fa. Sai, anche io credo di avere bisogno di tempo per essere di nuovo a mio agio".

"Non essere dispiaciuto. Ho sentito che riuscire a identificare i suoni e gli odori che ti fanno scattare può aiutare. Il rumore di vetro che si infrange è uno di questi, per te?".

Luke lasciò cadere lo sguardo sul tavolo, fissandosi le mani incrociate.

"Ahh... Vetri che si rompono, qualsiasi suono troppo alto o troppo basso, aerei, elicotteri, uomini che urlano. In realtà, chiunque urli. I segnali acustici elettronici, come i cercapersone, fanno lo stesso rumore di un ordigno prima di essere innescato e di esplodere".

Alzò lo sguardo timidamente.

"Potrei continuare", ammise, "sembra assurdo, lo so. Ma sto già migliorando. La mia prima settimana dopo il ritorno andava molto peggio".

"Da quanto tempo sei tornato?", chiese Aubrey, curiosa.

"Solo un mese".

"È un congedo lungo", disse.

"No, a dire il vero. Non sono più in servizio", rispose Luke.

"Oh! Non ne avevo idea. Cioè, come avrei potuto saperlo, immagino". Aubrey si sentì avvampare all'improvviso. "Mi dispiace. Ho una sensazione stranissima al momento. Cioè, ci conosciamo, praticamente da anni, ma non è proprio così, giusto? È come se... ci fossimo appena incontrati".

Luke annuì.

"So cosa intendi dire. Però mi sembra di conoscerti così bene. Forse solo perché ho passato tanto tempo a pensare a te mentre ero via".

"A me?", chiese Aubrey, sorpresa.

"Beh, sì. Voglio dire, siamo davvero soli laggiù, così tutti i ragazzi passano molto tempo a pensare alle donne. Ma mi sono anche fatto molte domande su di te. Dove ti trovavi, cosa stavi facendo. Perché te ne sei andata senza darmi il tuo numero. Sai, cose del genere".

"Ah," disse Aubrey, mordendosi un labbro.

"In più, mi servivano dei bei ricordi. Quel weekend che abbiamo passato insieme... non ho mai più avuto niente di simile".

"Nemmeno io. Vorrei...", ma non finì la frase.

"Vorresti cosa?", chiese Luke

"Avrei voluto essere in una situazione migliore quando è successo. Ero così felice quel weekend, ed è solo questo che hai visto di me. Ma non ero felice nella mia vita di allora, ero appena uscita da una brutta situazione e avevo bisogno di stare da sola".

"Quindi, per questo te ne sei andata?", la sfidò Luke, anche se mantenne un tono morbido.

Aubrey scrollò le spalle, sentendosi stupida.

"Sì. Ero spaventata e ferita, e tu... sei un così bravo ragazzo, uno da tenersi stretto. Ti meritavi qualcuno che non fosse così incasinato, sai?".

Luke si avvicinò e coprì una mano di Aubrey con la sua, le sue labbra si stringevano in una smorfia severa.

"Avrei dovuto impegnarmi di più per trovarti, Aubrey. Ci ho pensato di continuo".

Aubrey fu colta dalla sorpresa
"Davvero?".
"Sì, certo. Ma guardati. Sei incredibile, cazzo. Come avrei potuto non pensare a te?"

Prima che Aubrey potesse rispondere, arrivarono diversi camerieri con piatti fumanti di cibo. Riempirono il tavolo con sfrigolanti piatti in ghisa, lasciando un'incredibile varietà di scelte davanti agli occhi stupiti di Aubrey.

"Cavolo, è incredibile!", disse Luke, chiaramente felice di quello che avevano portato. Aubrey fu quasi sul punto di ridere per il suo cambio di umore, da intenso ed emotivo ad affamato e giubilante.

"Va bene, allora diamoci dentro", disse. Poi gli passo un piatto e iniziò a mangiare anche lei.

11

Aubrey tirò indietro la testa e rise mentre Luke la faceva volteggiare sulla pista da ballo. Dopo il Tonga Room, Luke l'aveva portata a pochi isolati di distanza in un jazz club. Anche se lei non sapeva molto di quel tipo di danza, la pista avvolta in penombra era piena di coppie ondeggianti, mentre le luci lampeggiavano e la musica pulsava sotto i suoi piedi. Aubrey non era una di quelle che rifiutavano nuove opportunità, quindi lasciò che Luke la portasse sulla pista da ballo.

Luke prese il comando fin dal primo passo, tirando Aubrey tra le braccia, contro il proprio corpo. Aubrey non poté fare a meno di reagire; il suo orso si risvegliò, curioso della vicinanza di Luke. Vicinanza che non sfuggì neanche al suo corpo. Poteva sentire il rossore avvolgerla da capo a piedi, mentre il calore e la forza di Luke si insinuavano in ogni centimetro che toccava.

Anche se era chiaramente esperto sulla pista da ballo, mantenne un ritmo lento e guidò Aubrey passo dopo passo fino a quando lei iniziò a sentirsi più a suo agio. Presto lasciò fare ai piedi tutto il lavoro, rilassandosi e osservando la gente mentre si godeva la sensazione di stare tra le braccia di Luke.

Dopo essersi scaldati un po', Aubrey tolse le forcine dai capelli e li lasciò cadere liberamente. Non c'era niente di meglio che vedere il calore dello sguardo di Luke che prendeva in mano una ciocca dei suoi capelli, esplorandone la setosa lunghezza con la punta delle dita. Non disse nulla, ma si ricordò di quanto gli fossero piaciuti i suoi folti capelli scuri durante il loro weekend insieme. Il modo in cui continuava a passarci in mezzo le dita, avvicinandosi a lei e aspirando a pieni polmoni il loro profumo, da questo aveva la certezza che provasse gli stessi sentimenti.

"Ehi, sei persa in pensieri profondi?", la prese in giro Luke. Guardò in basso, regalandole quello stesso sorriso morbido, sollevando gli angoli delle labbra mentre i suoi occhi brillavano. La stava davvero uccidendo lentamente, decise Aubrey.

"No. Penso solo che è piacevole", disse scrollando le spalle. La canzone finì, e un'altra attaccò subito dopo. Aubrey guardò Luke mentre la conduceva nella danza, pensando a quanto fosse bello potersi fidare di lui e lasciargli prendere il comando. Aubrey era sempre responsabile di tutto nella propria vita, e solo questa volta era stato bello poter fare un passo indietro e lasciarsi trasportare.

"Cosa c'è di piacevole?", chiese Luke, conversando tranquillamente.

"Questo, sai. Ho pensato che potesse essere imbarazzante, visto che eravamo entrambi nervosi a cena. E non so davvero come si balla. Ma non lo è. Stiamo abbastanza..." Aubrey lasciò cadere la frase, cercando di pensare alla parola giusta.

"Stiamo bene insieme?"

Aubrey rise.

"Forse. Non so se mi spingerei così oltre. Prima pensavo che a volte è difficile per me trovare degli appuntamenti. Non per la mia taglia, voglio dire..."

Luke aggrottò la fronte e la interruppe.

"Spero proprio di no!", sbuffò.

Aubrey alzò gli occhi al cielo e scosse la testa.

"Ci sono tanti ragazzi sono interessati alle ragazze più robuste, anche se alcuni di loro sono dei viscidi. Come feticisti e cose del genere", disse, arricciando le labbra.

"Sono felice che non ti siano mancato gli appuntamenti con altri uomini", disse Luke, in tono secco.

"Ascolta, stavo cercando di farti un complimento prima che mi interrompessi", lo rimproverò Aubrey.

"Oh, in questo caso, allora prego", disse Luke con un sorriso.

Aubrey sbuffò, ma la mano di Luke sulla vita la portò a un soffio da lui e lei non riuscì ad allontanarsi.

"Stavo cercando di dire che ho problemi a trovare degli appuntamenti perché sono io quella schizzinosa. Voglio uscire solo con ragazzi con le spalle larghe e possenti, ragazzi che mi fanno sentire graziosa e delicata", ammise, facendo una smorfia alle sue stesse parole.

"Prima di tutto, sei decisamente graziosa e delicata. Secondo, gli altri ragazzi semplicemente non sono maschi Berserker, quindi sono impalliduiscono al confronto".

Aubrey rise della sua temerarietà.

"Davvero? Voi orsi siete tutti uomini grossi e divini degni di adorazione?", chiese.

"Ehi, ehi, ehi. Sto solo parlando di aspetto e dimensioni. E penso che ti ricordi ababstanza di quello, eh?", chiese Luke, con gli occhi che si diventavano più scuri mentre la fissava. Luke attrasse Aubrey verso il suo corpo, premendo la sua lunga e possente erezione contro di lei attraverso i vestiti, come se per lei fosse stato possibile dimenticare.

La bocca di Aubrey si aprì, ma non riusciva a trovare una risposta decente. E le sue guance avvamparono, perché lui aveva molta più ragione di quanto pensasse. Aubrey si ricordava esattamente quanto fosse impressionante la sua mascolinità, e tutti i modi in cui aveva usato la sua erezione per farle gridare il suo nome, più e più volte.

"Wow, non posso credere di essere appena riuscito ad avere la meglio su di te", disse Luke.

"Sì, beh. Non farci l'abitudine, amico", disse Aubrey.

"Uhm, beh, sai a cosa potrei abituarmi?", chiese Luke.

"Ho paura di chiederlo", disse Aubrey, trattenendo il respiro quando il suo corpo sfiorò di nuovo contro quello di Luke.

Luke smise di muoversi in mezzo alla pista da ballo, aveva una mano sulla vita di Aubrey e portò in alto l'altra per cullarle la testa. La guardò con attenzione, i suoi occhi erano un fuoco di smeraldo, comunicandole il suo desiderio e dandole il tempo di fuggire.

Aubrey gli permise di inclinarle la testa all'indietro, lasciò che i suoi seni si schiacciassero contro la fermezza del petto di Luke, mentre lui si chinava verso il basso. Le sue palpebre si chiusero di loro spontanea volontà quando sentì il calore del suo respiro soffiarle sulle labbra, che la sua lingua si affrettò a inumidire. Il cuore le tremava nel petto, la musica pulsava intorno a loro, e il corpo di Luke contro il suo sembrava avesse interrotto lo scorrere del tempo.

Il primo tocco delle sue labbra fu uno scherzo, una richiesta. Luke le stava chiedendo il permesso, cosa che non aveva mai fatto a San Francisco. Aubrey non avrebbe potuto tirarsi indietro neanche avesse voluto farlo; il suo corpo e il suo orso bramavano Luke, e il suo cuore era troppo traboccante di dolci e speranzose farfalle.

Così si mise in punta di piedi, portando la bocca contro le labbra calde e sode di Luke, assaporando il brivido che le attraversò il corpo. Un incoraggiamento sufficiente per Luke, la cui presa si stringeva sul suo corpo, con le dita che si infilavano tra i suoi capelli mentre con la lingua tracciava il bordo delle sue labbra. Restarono sospesi in quel momento, avvolti in una bolla calda e sicura, mentre le labbra di Aubrey si separavano sotto l'esplorazione di Luke.

Nel momento in cui la punta della lingua di Aubrey toccò quella di Luke, scattò una scintilla tra loro. Improvvisamente le mani di Luke furono ovunque, vagando per il suo corpo proprio come quelle di lei. Le braccia di Aubrey si avvinghiarono intorno al collo di lui, avvicinandolo. Le loro labbra e le loro lingue danzavano e si sfrecciavano, muovendosi a ritmo l'una con l'altra e con la musica. I denti di Aubrey catturarono e tirarono il labbro inferiore di Luke, suscitando un profondo ringhio di desiderio da parte sua. Riusciva a sentire la vibrazione del suo petto, che le fece venire i brividi, facendo emergere il suo orso in superficie, proprio come stava succedendo a Luke.

Entrambi prendevano fiato tra un bacio e un morsetto, e Aubrey emise un lungo e forte gemito quando il calore della bocca di Luke trovò un punto sensibile sul suo collo. Nel profondo della sua mente, sapeva che le persone li stavano guardando, ma non riusciva a preoccuparsi. Una delle mani di Luke le afferrò un seno per un momento, prima di scivolare giù tra di loro per premere contro il suo sesso.

"Sì", disse Aubrey in un respiro, sapendo che Luke poteva sentirla attraverso la musica. Si sciolse contro di lui, mentre il suo bisogno cresceva come una fiamma incontrollabile, minacciando di bruciarla viva. Aveva bisogno di lui nudo, con i muscoli tesi, gridando mentre lei lo montava. Aveva bisogno che lui la prendesse, le facesse aprire le ginocchia e la scopasse fino a farle dimenticare il proprio nome.

Aveva bisogno di...

I denti di Luke le carezzarono il collo, esplorando e Aubrey si spinse verso l'alto sulle punte dei piedi. Aveva bisogno di tutto quello che Luke poteva darle, ogni caldo e piacevole secondo, e lo voleva ora, al diavolo con il loro pubblico. Il suo orso sapeva di cosa aveva bisogno, e aveva bisogno del morso.

I denti di Luke tastarono quel punto di nuovo, il punto esatto in cui i Berserker segnano i loro compagni, e qualcosa di nuovo, oscuro e affamato pulsò nel corpo di Aubrey. Un bisogno che non aveva mai provato prima d'ora, un desiderio che non poteva essere trattenuto. Quando Luke si irrigidì e si fermò, allontanando la bocca dal suo collo, Aubrey gridò e batté un pugno contro la spalla di lui, incapace di controllare il proprio desiderio.

"Aubrey, aspetta", disse Luke, stringendole i polsi con le grandi mani.

Gli occhi di Aubrey si aprirono, e lei lo fissò per un momento infinito, in equilibrio sul bordo. Si aggrappò al suo desiderio, al suo orso, mentre lentamente si rendeva conto della situazione.

"Merda!", disse Aubrey, scrollandosi di dosso il tocco di Luke e facendo un passo indietro.

"Aubrey, mi dispiace tanto. Ho lasciato che le cose andassero fuori controllo. Non sapevo che sarebbe stato così", disse Luke. Aubrey lo guardava, lo guardava davvero. L'uomo aveva le pupille dilatate, il suo corpo tremava, e respirava affannosamente. L'aveva provocato, l'aveva spinto troppo lontano, e ora era appeso a un filo. Eppure era stato lui a ritirarsi, per impedire a entrambi di fare qualcosa di stupido.

"Va bene", disse in fine, scuotendo la testa.

"No, è solo che... non voglio metterti fretta", disse Luke, allungando la mano per prendere quella di lei. Aubrey evitò il suo tocco scuotendo la testa.

"No, voglio dire... non c'è niente a cui mettere fretta qui. Siamo solo... sai, vogliosi di sesso o quello che vuoi", disse, agitandosi sempre di più.

"Aubrey, è più di questo. Almeno per me".

"Senti, possiamo andarcene e basta? È tardi, e probabilmente ho bevuto troppo", mentì Aubrey.

Luke sgranò gli occhi nel sentire quelle ultime parole e Aubrey si sentì subito in colpa per avergli fatto credere di essersi approfittato di lei.

"Non mi sono reso conto", disse, dalla sua espressione traspariva la vergogna che provava. "Certo che possiamo andare".

Nel giro di pochi istanti si trovavano sulla strada buia, l'aria fresca che creava uno spazio tra di loro come nient'altro poteva fare. Luke fece un cenno a un taxi, aveva un'espressione arrabbiata, ma in qualche modo Aubrey sapeva che non fosse diretta a lei. Luke era un uomo d'onore, e pensava sinceramente di averle fatto un torto. La faceva sentire una vera stronza, ma non sapeva come rimangiarsi quelle parole.

Un grosso taxi giallo si fermò e Aubrey salì dentro, cercando di pensare alla cosa giusta da dirgli. Con sua grande sorpresa, Luke andò dall'altra parte e salì accanto a lei.

"Uh... posso andare da sola", disse Aubrey, confusa.

"Non ti lascio da sola", sbuffò Luke.

"Davvero, non sono nemmeno così brilla. Starò bene", promise Aubrey.

"Non se ne parla", le disse Luke. Rivolse la sua attenzione all'autista e diede l'indirizzo di Aubrey che conosceva a memoria, sorprendendola ancora una volta.

Il viaggio in taxi fu veloce e tranquillo, lasciandoli fuori dall'edificio di Aubrey in tempo record. Troppo presto perché il cervello eccitato di Aubrey potesse elaborare le cose e trovare qualcosa di buono da dire. Quando Luke uscì e la invitò fuori dall'auto, Aubrey si aspettava che le augurasse la buonanotte e se ne andasse per la sua strada.

Invece, la sorprese ancora una volta rifiutando la sua offerta di pagare la sua parte della corsa e offrendo lui.

"Sono perfettamente in grado di entrare da sola in casa mia", promise.

Luke le lanciò un'occhiata imbonitrice mentre pagava l'autista del taxi, Aubrey non poté impedire la pelle d'oca che apparve sulla sua carne nuda mentre lui la seguiva fino alla porta del suo appartamento. La sua espressione riflessiva era difficile da interpretare, era un misto di autocommiserazione, senso del dovere e desiderio puro, se Aubrey avesse dovuto indovinare.

"Dobbiamo parlare, Aubrey. Invitami dentro", chiese Luke deciso.

Aubrey si prese un secondo per immergersi nella sua gloria maschile. Era così alto e muscoloso, con quei bellissimi capelli scuri e quei sexy occhi blu tendenti al verde che nascondevano solo un accenno di giallo al centro. Indossando quel vestito su misura, era una fantasia ambulante, e non poteva fingere di non desiderarlo.

Ma fantasia o non fantasia, tutto questo accadeva per le ragioni sbagliate. Se Luke non avesse chiuso questa farsa dell'accoppiamento, di certo lo avrebbe fatto Aubrey.

"Possiamo parlare anche qui", disse Aubrey, sollevando il mento con un gesto intenzionale di sfida. Luke affilò lo sguardo, ma non si arrabbiò con lei. Era un gentiluomo, e naturalmente aveva anche il suo orgoglio.

"Non volevo andare troppo in fretta prima", disse Luke. La sua franchezza non avrebbe dovuto sorprenderla. Aubrey lo sapeva, lui non era mai stato altro che schietto e aperto con lei. Eppure, arrivare dritti al cuore del problema non era facile e lei apprezzava l'onestà. Alla fine decise di provare a confidargli come si sentiva in realtà.

"Potrei invitarti a entrare", disse Aubrey, avvolgendo le braccia intorno a sé stessa e sospirando. "Potrei versarci del vino, e potremmo chiacchierare un minuto, e poi potremmo spogliarci, che penso sia quello che vorremmo entrambi in questo momento. Sì, potrei farlo".

Le labbra di Luke si mossero impercettibilmente e lei capì che stava immaginando la scena proprio come stava facendo lei. Aubrey si fece più risoluta e continuò, cercando di tagliare tutte le stronzate e sollevarli entrambi dai problemi.

"Ma non sono più il tipo di ragazza da una botta e via, non come lo sono stata a San Francisco", spiegò.

Luke sembrò sorpreso per un momento.

"Non ho mai pensato a te in quel modo, lo giuro", disse.

"Beh, possono esserci solo due motivi se siamo qui in questo momento", disse Aubrey. "Uno, per una notte di sesso senza legami. Due, per mettersi in riga con questa folle cosa del trovare un compagno che è stata inventata dal Consiglio degli Alfa. E Luke, per quanto tu sia bello, intelligente e divertente, io non sono qui per nessuno dei due. Mi piace la mia vita, mi piace come vanno le cose. Non sto cercando un cavaliere con una brillante armatura che venga a salvarmi, proprio come non sto cercando sesso privo di significati".

"E io non voglio questo da te", disse Luke, le sue sopracciglia scure disegnavano un cipiglio profondo sulla sua fronte.

Aubrey si lasciò sfuggire un gemito di frustrazione.

"Guarda. Mi hai detto chiaramente che... mi desideri. Mi hai rintracciato e mi hai perseguitato per un appuntamento. Stai facendo il tuo dovere, proprio come tutti gli altri figli degli orsi Alfa. Lo capisco, credimi".

"Stai dicendo che hai accettato il mio invito solo perché stai facendo il tuo dovere?", chiese Luke arrabbiato. Aubrey poteva leggere il dolore nella sua espressione, e anche se si pentiva di esserne stata lei l'artefice, sapeva di dover spingere finché lui non avesse capito.

"Luke, mi sono divertita. Ma non mi interessa essere una spunta su una lista. Non mi interessa avere un compagno e non ti porterò al letto con me. Vai a cercare un'altra ragazza per raggiungere il tuo obiettivo, ok?", rispose Aubrey acidamente, incrociando le braccia.

Luke la fissò per alcuni lunghi secondi prima di scuotere la testa incredulo.

"Onestamente, Aubrey. Non riesco a decidere se il tuo ego è enorme o inesistente. Per me sei un mistero totale".

"Sì, beh. Vai a trovarti un'altra da capire. Abbiamo finito qui", sibilò di Aubrey. Anche se stava facendo del male al suo orso, gli voltò le spalle per aprire la porta del suo appartamento ed entrare. Sbatté la porta e poi controllo dallo spioncino, osservando la figura di Luke in ritirata che attraversava infuriato il parcheggio.

Aubrey chiuse tutti e tre i suoi catenacci e fece un sospiro profondo.

"Eccellenti doti umane, signorina Umbridge", sussurrò a

sé stessa. Guardò l'orologio sul muro del salotto e si rese conto che erano solo le 22:30, quindi un po' di tempo prima di dover andare a letto. Aveva bisogno di una distrazione.

"E come ricompensa… un bicchiere di vino", disse ad alta voce.

Aubrey si cambiò, infilando un paio di morbidi pantaloni da pigiama di flanella e una morbida canotta bianca, poi si è versò un grande bicchiere di merlot e un grande bicchiere d'acqua ghiacciata. Si parcheggiò sul divano e appoggiò indietro la testa, gemendo mentre ripensava agli eventi della serata. Il suo orso era ansioso e solo, il suo corpo ancora sensibile al pensiero del tocco di Luke.

Aveva forse appena fatto un grosso errore?

Chiudendo gli occhi, Aubrey decise che ora non poteva preoccuparsene, perché non c'era una fine possibile che non fosse questa. Luke era fantastico, ma c'erano cose che non riusciva a dirgli. Aveva accettato un appuntamento per calmarlo, e l'aveva fatto. Ora aveva bisogno di tornare a vivere la sua vita. Dopo pochi sorsi di vino si lasciò andare alla stanchezza.

12

Quando Luke sentì avvicinarsi i passi di Aubrey, fece un sospiro di sollievo. Rimase fermo, seduto sul suo zerbino e in attesa della sua comparsa. Voleva alzarsi e muoversi, riprendere sensibilità alle gambe, ma non voleva spaventarla senza motivo. Lei non lo vide subito, e lui ebbe quasi un intero momento per ammirarla da lontano.

Aubrey indossava un semplice abito nero al ginocchio e un cardigan bianco. I suoi lunghi capelli erano intrecciati in un'elegante treccia che si avvolgeva su tutta la testa, facendo sì che le dita di Luke avessero voglia di srotolarla per farle scorrere le dita attraverso le morbide ciocche di capelli. I suoi occhi erano abbassati mentre camminava, la sua espressione solenne, ma questo non toglieva nulla alla sua bellezza.

Quando fu a solo una decina di metri di distanza, finalmente lo vide e si fermò di scatto.

"Oddio!", urlò Aubrey, quasi facendo cadere i sacchetti di carta marrone che teneva tra le braccia.

Luke alzò una mano e la salutò con imbarazzo.

"Mi dispiace. Ehi", disse.

"Che diavolo ci fai qui?", chiese Aubrey, tirandogli un'occhiataccia. Onestamente, non era l'espressione che sperava di vedere.

"Ti aspettavo", disse scrollando le spalle.

"Per quanto tempo?", chiese.

"Uhm…", Luke controllò l'orologio. "Tre ore".

Aubrey lo fissò per un lungo momento e poi sospirò.

"Sarà meglio che tu entri con me, credo", disse, girandogli intorno per aprire la porta. Veloce come un lampo, Luke si alzò in piedi e le prese i sacchetti della spesa, cercando di non inciampare mentre lei lo faceva entrare a casa sua.

"Bella casa", disse Luke, dando un'occhiata al suo appartamento. Tutto era arredato in legno chiaro e colori pastello, dando all'appartamento uno stile da spiaggia. Non era quello che avrebbe immaginato per Aubrey, ma era pulito, luminoso e rilassante.

"Grazie", disse Aubrey, con la voce piatta.

Luke la seguì, mettendo la spesa sul bancone della cucina. La osservo mentre si muoveva per la cucina e metteva via tutto, aspettando pazientemente che lei finisse. Quando finì, si voltò verso di lui con un'espressione incerta.

"Sediamoci", disse, indicando il soggiorno. Si diresse verso il divano senza aspettare di vedere se lei lo avrebbe seguito; in qualche modo, sapeva che lo avrebbe fatto. Ad Aubrey non piaceva prendere ordini, ma era troppo curiosa per andarsene. Si sedette sul divano e aspettò.

"Va bene. Sei qui, hai la mia attenzione", disse Aubrey, inclinando la testa da una parte mentre si sedeva all'estremità opposta del divano. Posò le mani sul grembo e iniziò a giocherellare con il cotone sottile del suo abito nero. Luke capì che era più ansiosa di quanto lasciasse intendere, poteva sentirne l'odore su di lei. In sottofondo sentiva anche una nota di desiderio, ma Luke la ignorò per il momento.

"Sai che non... parlo molto", iniziò a dire Luke. Aubrey inarcò le sopracciglia, certo che lo sapeva. "Sono sempre stato un po' riservato, anche con la mia famiglia. I miei fratelli mi prendevano in giro, dicevano che non c'era niente nella mia testa. Niente di cui parlare, sai?".

"Non l'ho mai pensato", disse Aubrey, sembrava sorpresa.

"Sì, è una stupidaggine. È solo una cosa che dicono per scherzare. Ma è vero che mi piace ascoltare, e che non condivido molto con gli altri. Soprattutto dopo alcune delle cose che ho visto nell'esercito, è difficile relazionarsi con la maggior parte delle persone. Gli altri parlano di baseball, e la mia testa è piena di...", Luke si fermò, facendo un cerchio nell'aria accanto alla sua testa mentre pensava al modo migliore per dirlo. "Guerra, credo. Non so come si fa a chiacchierare, non l'ho mai fatto. Tra l'essere un Berserker e l'essere militare, non ho nulla in comune con nessuno. È più facile ascoltare gli altri parlare dei loro hobby e delle loro opinioni che raccontare storie su alcune delle cose che ho visto".

"Va tutto bene, Luke. Non c'è bisogno di spiegazioni", disse Aubrey, avvicinandosi un po' di più e posandogli una mano sul ginocchio. Il gesto gli scaldò il cuore, ma sapeva di doversi concentrare. Aveva bisogno di finire di spiegarle le cose, dirle come si sentiva, invece di tenere tutto dentro.

"Quando mi parli, io ascolto perché sono interessato. Fai il tuo lavoro al rifugio, il che mi sembra fantastico. Hai parlato un po' della tua famiglia, e posso sicuramente capirlo. Parli di persone che conosci, e del perché le loro storie sono interessanti, e capisco che anche a te piace ascoltare".

Aubrey sembrava pensierosa, ma si limitò ad annuire. Confermando il suo pensiero.

"So come ti chiami e dove vivi dal giorno in cui hai lasciato San Diego", disse, cambiando tattica.

"Tu... Aspetta, davvero?", chiese, con l'aria scioccata.

"Sì. L'ho preso dalla reception. Sapevo chi eri e dov'eri, e avevo in programma di venire a trovarti non appena avrei posato di nuovo piede su suolo americano", ammise.

"Ma sono passati anni", ribatté Aubrey.

"Lo so. Ti sto dicendo questa parte perché non voglio che tu pensi che io sia venuto a trovarti solo dopo averti visto a quella festa al Lodge. Non voglio che pensi che io sia venuto qui solo per un cazzo di decreto del Consiglio degli Alfa. Quindi voglio dirti perché non sono venuto a trovarti prima".

Luke girò la mano, afferrando le dita di Aubrey e intrecciandole con le sue. Lei non rispose, ma gli rivolse un sorriso morbido e incoraggiante.

"Non posso dirti molti dei dettagli, ma alcune cose davvero brutte sono successe subito dopo che ho lasciato San Diego", iniziò Luke. "Ci sono state tante uccisioni, molto vicine e personali. E non era solo il nemico che ci attaccava. Ho fatto molte cose di cui mi pento, anche se era il mio lavoro e stavo seguendo gli ordini. Anche se non fare quelle cose mi avrebbe probabilmente fatto uccidere, mi sento ancora male al riguardo".

Aubrey gli strinse le dita, vide le lacrime brillarle negli occhi mentre ascoltava la sua storia. Luke sentì una morsa allo stomaco, chiedendosi se dirle tutto questo l'avrebbe portata ancora più lontano da lui. Se avesse avuto un'idea di quello che aveva fatto, del modo in cui aveva ucciso così tante persone. Il pensiero gli raggelò il sangue nelle vene, facendolo star male.

La mente di Luke lo riportò al campo in Giordania. Sentì i passi del tiratore, vide il luccichio di un'arma. Cadde a terra prima ancora di rendersi conto dei suoi stessi movimenti, il respiro gli morì in gola mentre i passi del ragazzino strusciavano sul pavimento di legno ricoperto di sabbia della camerata. Rivide i volti sorpresi della sua squadra mentre si giravano per affrontare la loro morte. Poi si ritrovò una pistola in mano, il proiettile che si allontanava da lui, e il cervello del ragazzino sparso ovunque. Un colpo di testa perfetto, qualcosa che la squadra definiva "un Beran special". La sua speciale, specialissima mossa.

"Luke! Luke, ehi!", stava dicendo Aubrey, tirandogli la mano.

Luke la guardò, abbassando gli occhi, il tormento del ricordo gli infuriava nel petto, e capì una cosa.

"Non c'è da stupirsi se non puoi amarmi. Sono un fottuto assassino", disse, alzandosi dal divano. Doveva lasciare la casa di Aubrey. Partire verso il tramonto e non tornare mai più.

"SIEDITI."

Luke si bloccò. Si girò verso Aubrey, trovandola fumante di rabbia. Riusciva a malapena a credere che quell'ordine fosse venuto dalla sua piccola Aubrey. Respirava pesantemente, aveva i pugni chiusi e la sua espressione fu sufficiente a farlo calmare.

"Ho detto, siediti, cazzo. Non puoi lasciare questa casa in questo momento", ordinò Aubrey. Si sedette, fissandolo in sfida fino a quando lui non fece lo stesso. Non era disposto a farsi trattare male da nessuno che era fuori dall'esercito, ma lo sguardo sul volto di Aubrey lasciava intendere che lei non aveva paura di trasformarsi e cercare di combatterlo. Se si fossero lanciati, Aubrey avrebbe potuto farsi male, e questo era inaccettabile.

"Hai finito di parlare ora?", chiese Aubrey. Luke poteva vedere che stava tenendo sotto stretto controllo il suo orso, anche se lui lottava per fare lo stesso.

"Sì", disse.

"Bene. Voglio sentire la tua storia. Non ora, ma presto. Voglio sentire tutto questo, perché è chiaro che devi raccontarlo a qualcuno", disse.

"La metà di quello che è successo sono informazioni classificate, Aubrey", scattò Luke.

"Non me ne frega un cazzo. Se sei qui, e immagino tu mi stia corteggiando perché diventi la tua compagna, mi merito di sentire tutto. E non perché sono disgustata, o perché pensi che tu sia una persona cattiva, ma perché è quello che fanno i compagni".

"Aubrey...".

"Niente discussioni. Non posso essere arrabbiata che tu non sia venuto a cercarmi, specialmente dopo la mia partenza, ma di sicuro posso essere arrabbiata se non puoi usare queste tue nuove capacità oratorie per raccontarmi tutta la tua storia".

Luke esitò, sentiva ancora un peso sullo stomaco, ma dopo un minuto annuì.

"Bene. Se è questo che vuoi davvero, Aubrey. Ma se vuoi che io ti racconti tutto, anche io voglio sapere perché eri così triste quando ti ho incontrata la prima volta. Perché hai trascorso con me il weekend più incredibile della tua vita, e poi te ne sei andata via senza dire una parola. C'è una storia anche lì".

Aubrey fece un respiro profondo, sgranando gli occhi.

"Devo ripetere tutte le cose che mi hai appena detto tu?", chiese Luke.

Vide la rabbia passarle sul viso, prima di essere scacciata dalla rassegnazione.

"Bene. Giusto. Tu mi parli del tuo momento più basso, e io ti racconto perché ero in quel bar di San Diego, cercando di non piangere".

Il cuore di Luke si strinse nel vedere come abbassava gli occhi, mostrandogli la sua vergogna.

"Ehi", disse, allungandosi e dandole una mancia sul mento. "Non dobbiamo più parlarne stasera. Va bene?"

"Giusto", disse Aubrey, lasciando uscire un respiro. "Non stasera."

Luke la avvolse tra le braccia, inalando profondamente il suo profumo unico e gustando il morbido calore del corpo di Aubrey contro il suo. In qualche modo, tenendola così vicina, cercare di scacciare il suo dolore con un tocco innocente era quasi più difficile che confessare alla donna che amava di essere un assassino.

Luke abbassò gli occhi su di lei, con lo sguardo puntato sulle sue labbra. Prima di capire cosa stesse facendo, la sua bocca fu sulla sua. Questa volta, le sue labbra si schiusero subito, dandogli accesso. Inalò un respiro nel sentire il gusto dolce e caratteristico delle sue labbra, una delizia al miele rapidamente impressa nei suoi sensi. Cullò il viso di lei avvolgendolo in una delle sue grandi mani, facendo scorrere l'altra lungo la sua spalla per afferrare la pienezza del suo fianco.

Quando Aubrey si chinò in avanti per premere il corpo più vicino al suo, il lato animale di Luke prese il sopravvento. Le afferrò i fianchi e la prese, sistemandola sulle sue ginocchia. Il soffice sospiro di sorpresa che le sfuggì lo eccitò come nient'altro al mondo. Sentiva il proprio corpo contrarsi, i muscoli che si tendevano mentre la sua erezione si risvegliava completamente.

Il peso morbido di lei sulle sue ginocchia gli fece venir voglia di gemere ad alta voce. Cercò ancora la sua bocca, assaggiandola e provocandola con la lingua mentre con le mani scendeva esplorando il suo sedere pieno. Era così morbida e calda sotto il suo tocco, come se fosse fatta per il suo piacere.

Aubrey si tirò indietro per un secondo, con il volto carico di incertezza.

"Luke, non sono sicura che dovremmo farlo", disse, un po' senza fiato. Voleva rassicurarla tanto quanto desiderava possederla, così decise per un compromesso.

"Rimarrò vestito", disse. "Lascia che ti faccia sentire bene, senza vincoli".

"Luke... sei sicuro?", chiese Aubrey. L'eccitazione della sua voce, la fame nei suoi occhi, sarebbero state la sua morte.

Luke la spinse sul divano, dandole un bacio lento e profondo prima di toglierle il cardigan e il vestito. Sotto indossava un reggiseno di pizzo nero e un paio di mutandine rosse sexy che fecero pulsare la sua erezione di desiderio mentre si inginocchiava davanti a lei. Proprio come la prima volta che l'aveva spogliata, lei arrossì e cercò di coprirsi. Luke non la lasciò fare, afferrandole le mani e spingendogliele dietro la testa.

"Non muoverle", disse, stringendole le mani prima di rilasciarle.

Aubrey si morso un labbro e annuì, aveva gli occhi carichi di desiderio. Luke posò una mano su ciascuna delle sue ginocchia, carezzando la sua pelle fino alla superiore delle sue cosce. Sentì Aubrey rabbrividire mentre lo osservava, l'anticipazione le faceva contrarre i muscoli. Luke le afferrò i fianchi, separandole le gambe mentre la trascinava fino al bordo del divano. Il profumo del suo desiderio inondò i suoi sensi mentre portava il caldo centro del piacere fino a premere contro il proprio corpo. Si spinse in avanti una volta, strofinando la sua erezione contro di lei per ricordarle le sue dimensioni e tutte le cose incredibili che poteva farle.

Aubrey sussultò e si dimenò. Mosse le mani, ma un profondo ringhio di Luke fece sì che le rimettesse subito al loro posto. Luke avrà anche avuto problemi con la comune vita da civile, ma la camera da letto e il campo di battaglia erano il suo elemento, i due luoghi dove il suo Alfa era veramente libero. E non avrebbe permesso che Aubrey se lo dimenticasse.

Sollevando le mani sulle sue spalle, Luke fece scivolare le bretelle di raso nero del reggiseno dalle sue spalle. Ricoprendo di baci leggeri le curve dei suoi seni mentre faceva scorrere sempre più in basso le coppe del reggiseno, fino a scoprirla del tutto.

"Dio, le tue tette..." si meravigliò, sollevandole tra le mani. Erano più che generose, ognuna molto più grande di quanto potesse tenere in una mano. Due sfere perfettamente tonde e pallide, decorate da capezzoli grandi e vellutati. Si chinò in avanti e toccò con il naso la curva di un seno, costellandolo di baci e morsetti mentre proseguiva la sua strada verso un capezzolo duro.

Aubrey gridò e gli affondò le dita nei capelli quando chiuse la bocca sulla sua carne sensibile. Fece roteare la lingua sopra e intorno al capezzolo, stuzzicando la punta con la lingua e i denti fino a quando lei non iniziò ad ansimare e a muovere i fianchi verso la sua erezione, facendolo impazzire. Le diede un lieve morsetto, facendole inarcare la schiena con sorpresa e piacere. Stringendole un seno in mano, spostò le sue attenzioni sull'altro. Leccandolo, stuzzicandolo, e facendo scorrere i denti sulla parte più sensibile, fu ricompensato quando lei implorò di continuare.

"Luke, ti prego!", disse Aubrey in un respiro. Si tirò indietro e si leccò le labbra, adorava il modo in cui seguiva la sua lingua con gli occhi.

"Ti prego, cosa?" chiese, soppesando il suo seno tra le mani, e carezzando i suoi capezzoli con i pollici.

"Ho bisogno..." iniziò. Prima che potesse finire, Luke agganciò la punta delle dita nella parte superiore delle sue mutandine e le tirò giù. Aubrey rilasciò un respiro e sollevò il corpo, aiutandolo a spogliarla. Luke diede un'occhiata ad Aubrey e notò che stava arrossendo, nonostante quanto fosse eccitata.

"Guardati", ringhiò. "Mi ecciti così tanto Aubrey. Il tuo corpo è così perfetto. Non vedo l'ora di assaggiarti".

Si spostò indietro e si chinò verso il basso, allargandole le cosce. La sua nuda fessura rosa luccicava di eccitazione, e Luke non poté resisterle. Separò le sue labbra con due dita, usando la punta della lingua per tracciare una linea calda dal suo centro fino al clitoride. Aubrey si irrigidì sotto di lui, inalando un respiro. Luke chiuse le labbra sul tenero rigonfiamento, succhiando e rigirando la lingua sul punto più sensibile fino a quando lei non gridò.

"Luke, Luke...", gemette Aubrey.

Luke fece scivolare un solo dito nel suo sesso caldo e stretto e quasi venne lui stesso quando le pareti interne della sua caverna si strinsero intorno a lui. Si ritirò e la penetrò con due dita, leccandola e succhiando il suo clitoride mentre spingeva le dita dentro di lei più e più volte. Quando la sentì irrigidirsi di nuovo, vicinissima all'orgasmo, aggiunse un terzo dito e la scopò senza pietà, succhiando ogni goccia dei suoi dolci succhi mentre la portava verso il baratro.

Aubrey era vicina, le sue grida che crescevano disperate. Luke si riposizionò continuando a stimolarla, usando la mano libera per esplorarla. Spinse un dito bagnato dei suoi succhi lungo la sua coscia, circondandola, finché non raggiunse il suo sedere e la sua apertura stretta. Fece scorrere la lingua sul suo clitoride mentre disegnava un cerchio intorno all'apertura, invadendo la sua carne sensibile con la punta del dito.

Aubrey urlò quando l'orgasmo la scosse all'improvviso, facendo sì che i suoi muscoli si contraessero mentre spingeva i fianchi contro la bocca e le dita di Luke, che continuò a succhiare e a muovere le dita fino a quando lei si lamentò spingendogli via la testa. Solo allora si alzò, pulendosi le labbra mentre tornava a sedersi accanto a lei. Luke tirò Aubrey tra le braccia, sdraiandosi sul divano, mentre lei cercava di riprendere fiato.

Mentre la stringeva, le baciò la testa, inalando il suo profumo e sentendo il cuore di lei battere selvaggiamente contro il suo petto. Dopo che si fu calmata, restarono sdraiati insieme per molto tempo senza parlare o muoversi. Alla fine, Luke era cosciente che sarebbe dovuto andare. Non voleva mettere fretta ad Aubrey, o chiederle di cambiare la sua vita per lui. Non ancora, non finché non avrebbe capito che quello era ciò che desiderava il suo cuore. Non poteva rimanere lì per la notte, e doveva rivelare ad Aubrey i suoi piani per il resto della settimana.

"Aubrey, me ne vado tra un minuto", disse Luke.

"Non devi andartene", disse, ma lui poteva sentire il corpo di Aubry teso contro il suo. Lei era pronta a proteggersi, pronta a sentirsi spingere troppo oltre.

"In realtà, sì. Devo mettere in ordine alcune cose. Ho un colloquio di lavoro a Portland venerdì, quindi dovrò tornare giovedì sera. Solo per stare sul sicuro", le disse. "Sempre un boy scout. Mi piace essere preparato".

Aubrey sbuffò divertita, ma dalla sua espressione riusciva a capire che il suo annuncio la irritava.

"Va bene. Quindi... è così, eh?" chiese. Il suo tono era neutro, ma il suo corpo era ancora più teso di prima.

"Uh, no. Devo partire per un paio di giorni, ma torno subito. E poi starò qui ancora tre giorni. Vorrei rivederti domani o mercoledì, se possibile". Aveva ripassato il programma nella sua testa diverse volte, cercando di capire quanto sarebbe riuscito a vederla prima della sua partenza.

Aubrey era silenziosa. Come al solito, non trasmetteva l'entusiasmo sconfinato che lui avrebbe voluto da lei, ma almeno non lo aveva ancora cacciato di casa. Almeno stava ancora lì, lasciando che Luke la tenesse tra le sue braccia.

"Stai cercando lavoro a Portland", disse finalmente. Una dichiarazione, non una domanda.

"Sì. È in programma da settimane. In realtà, è un'ottima posizione. Qualcosa in cui potrebbe davvero piacermi e in cui potrei essere bravo".

Aubrey gli rivolse uno sguardo strano che non riusciva a decifrare, e poi squadrò le spalle.

"Devo chiederti una cosa", disse. L'espressione sul suo volto lo fece quasi sussultare, si capiva che era sul piede di guerra.

"Ok, spara", disse, facendo un respiro profondo per calmarsi.

"Il decreto del Consiglio degli Alfa, sai, la storia che tutti noi dovremmo prendere un compagno... Quanto ha contribuito alla tua decisione di venire a cercarmi", chiese.

Il suo tono era duro, come se lo trovasse già in difetto e non volesse sentire le sue scuse. Luke chiuse gli occhi, sentendosi un po' sorpreso anche se la sua domanda non era irragionevole o addirittura inaspettata.

"Beh... in un certo senso, molto. In un certo senso, affatto", rispose.

Aubrey incrociò le braccia, la sua bocca si strinse in uno cipiglio.

"Giusto. Capisco", disse.

"A dire il vero, ho sempre pensato che tu avessi un compagno. Stavo pensando di rintracciarti comunque, per curiosità, ma non avevo fretta. Quando i miei genitori hanno annunciato la cosa del trovare compagna, mi sei balzata in mente. Poi ti ho visto all'evento, e ho capito che eri ancora disponibile..." disse.

Luke si schiarì la gola e si aggiustò a sedere, sentendosi a disagio nello spiegare le sue motivazioni e il suo processo di pensiero. Non stava neanche facendo le cose per bene. Era ossessionato da lei, aveva pensato di trovarla, era stato felicissimo di sapere che non aveva preso un compagno.

"Ok. Beh, grazie per essere stato sincero", disse lei.

Aubrey si sfilò dalla sua stretta e afferrò il vestito, tirandoselo sopra la testa e coprendosi. Luke si alzò, sapendo che lo stava praticamente sbattendo fuori di casa.

"Posso vederti prima di partire per il mio viaggio?", chiese Luke.

"Non sono..." Aubrey si interruppe, con un sospiro frustrato. "Fammici pensare".

"Ok. Se cambi idea, fammelo sapere. Posso aspettare fino al mio ritorno, ma non voglio", disse.

Aubrey gli rivolse un altro di quegli sguardi strani e indecifrabili.

"Buonanotte, Luke", sospirò.

Luke si chinò verso di lei e le diede un ultimo bacio sulle labbra, poi si diresse verso la porta.

"Chiudi la porta a chiave dietro di me, ok?", chiese.

Aubrey gli lanciò un'occhiataccia, ma lo seguì.

"Ciao", disse sull'uscio, solo per vedersi la porta chiusa in faccia.

Mentre se ne andava, si lasciò sfuggire un fischio basso.

"Beh, merda", disse tra sé. "Non è finita bene".

Luke continuò a muoversi verso la sua auto, rifiutando di arrendersi e di tornare da lei per la seconda volta. Un uomo aveva il suo orgoglio, dopotutto. Scosse la testa e maledicendo l'ennesimo due di picche di Aubrey, si diresse verso il suo albergo.

13

Aubrey tirò giù l'ultimo sorso del cocktail nel bicchiere, guardando tutte le persone bellissime che c'erano al Wilson & Wilson, il suo bar preferito. Anche se Aubrey sapeva che Val voleva solo sapere gli ultimi pettegolezzi sulla sua situazione con Luke, quando l'aveva invitata a bere qualcosa, Aubrey non aveva saputo resistere. Un cocktail a base di champagne e una chiacchierata tra ragazze sembrava un biglietto per la sua malinconia causata dalla pressione di prendere un compagno.

Così si erano vestite bene ed erano andate in città subito dopo il lavoro, abbastanza presto per prendere un buon tavolo al popolare bar. Tre drink dopo, Val pressava Aubrey per scoprire i dettagli sul suo appuntamento con Luke.

"Tutto qui? Siete stati insieme, ma non siete andati fino in fondo, e poi l'hai cacciato via?", disse Val ha detto. "Avresti dovuto fartelo, ragazza. È troppo sexy".

"Sì, lo è davvero, hai proprio ragione", sospirò Aubrey. "Ma ti ho detto che non riesco a capire le sue motivazioni".

"Luke mi sembra un ragazzo abbastanza onesto", disse Val con una scrollata di spalle.

"Lo sono tutti, all'inizio. E con Luke... non riesco a spiegarlo, ma credo che sia interessato a me solo perché la sua famiglia vuole che si sistemi, e lui pensa che io... che io vada bene per quel ruolo. Non è una cosa molto romantica", disse Aubrey facendo una smorfia.

"Sì, ma in pratica non può semplicemente uscire con chiunque? Da tutto quello che mi hai detto, è una specie di affare da non farsi sfuggire".

"Te l'ho detto, veniamo dalla stessa cultura", disse Aubrey.

"Oh, sì. La cosa norrena", disse Val, alzando gli occhi al cielo. "È un legame piuttosto sfigato, se lo chiedi a me".

"È davvero importante per le nostre famiglie".

"Ma non per te, a quanto pare", notò Val.

"No, non per me. Mio padre mi aveva promesso anni fa che non avrei avuto a che fare con queste stronzate".

"Era..." Val esitò. "Ha qualcosa a che fare con tutto quel tempo di vacanza che ti sei presa qualche anno fa?"

Lo sguardo di Aubrey scattò, e si posò sul volto dell'amica. Tempo fa aveva preso tre mesi di ferie, sostenendo che andava all'estero per ricaricarsi. In realtà, non era più stata in grado di affrontare la vita quotidiana dopo che il suo fidanzamento con Lawrence era andato fuori strada. Ai tempi, lei e Valerie non erano così vicine, così Aubrey fu sorpresa di vedere che Val aveva capito che la sua 'vacanza' era legata alle esigenze della sua folle famiglia.

"Ah... sì," disse Aubrey, riluttante ad approfondire tutta la storia.

"Ho pensato che la tua assenza fosse legata ad un uomo. Tu e quel tipo, Lance stavate diventando molto seri".

"Lawrence", la corresse subito Aubrey. Perfino mentre quella parola le usciva dalla bocca, si chiese perché le importasse.

"Sì. Beh, voi ragazzi eravate tutti presi, poi mi hai detto che forse vi sareste lasciati, e poi..." Valerie scrollò le spalle. "Te ne sei andata. Quando sei tornato al lavoro non ne hai mai più parlato, ma hai smesso di uscire del tutto. Luke dev'essere il tuo primo appuntamento in... non so nemmeno da quanto tempo".

Aubrey annuì, sapendo che la sua amica aveva ragione. Aveva aspettato troppo a lungo prima di ricominciare a uscire. Ora il suo desiderio era incontrollabile quando era con Luke, il che le rendeva difficile pensare chiaramente in sua presenza. Non era una situazione ideale quando avrebbe potuto essere in gioco la sua futura libertà e felicità.

"Ehi. Terra chiama Aubrey", disse Val, agitando una mano davanti al volto di Aubrey. "Non volevo mandarti in paranoia. Ero solo curiosa".

"Non voglio più parlare del passato. Sarà il caso di bere un ultimo drink prima di metterci in viaggio?", chiese Aubrey.

Val scosse la testa.

"Non posso. Un altro drink significherebbe lasciare la mia macchina qui per la notte. Tra il parcheggio e la corsa in Uber, resterei senza una lira", scherzò. La figura di Val era più minuta di quella di Aubrey, cosa che Aubrey a volte desiderava. Eppure, la costituzione minuta di Val significava che non riusciva a reggere per nulla l'alcol.

"Va bene. Muoviamoci, allora", disse Aubrey, segnalando alla cameriera di portare il conto.

Dopo che Aubrey e Val si abbracciarono e si separarono, dirigendosi verso i parcheggi in direzioni opposte, il telefono di Aubrey squillò. Tirandolo fuori dalla borsa, rimase sorpresa nel vedere che era il numero di casa dei suoi genitori. Erano quasi le nove di sera, molto più tardi dell'orario che sua madre trovava appropriato per telefonare.

"Pronto?", rispose.

"Sì, uhm, ehi", le giunse la voce burbera del padre.

"Papà? Ehi, state tutti bene?" chiese Aubrey, con lo stomaco improvvisamente stretto in una morsa di nervi.

"Sì. Uhm, sì. Ho appena... ho saputo che un Berserker si è fermato al complesso del clan, alla ricerca di informazioni su di te. Stavo chiamando per assicurarmi che non fosse niente di...", suo padre si interruppe, sembrava incerto. Era una sensazione sconosciuta, perché suo padre era un Alfa ed era un bullo, fino al midollo. Non aveva nemmeno chiamato per chiederle come andavano le cose dopo il disastro di Lawrence, preferendo lasciare che la madre di Aubrey si occupasse di quella che lui chiamava 'la sua isteria'.

"Non sono in pericolo", gli disse Aubrey, alzando gli occhi al cielo. "È solo qualcuno che ho conosciuto un po' di tempo fa".

"Chi è lui?" chiese suo padre.

"Luke Beran, se proprio vuoi saperlo".

Ci fu un momento di perfetto silenzio da parte di suo padre.

"Beran. Quindi stai seguendo il decreto, allora? Stai cercando un compagno?", chiese.

"Ho accettato di andare all'evento, e l'ho fatto. Ma non sta succedendo nient'altro".

"Luke Beran viene da una buona famiglia. Sarebbe una buona scelta", le disse suo padre.

"Mi hai fatto una promessa, papà. Avevi promesso che non mi avresti mai più messo nella stessa situazione, non mi avresti mai più fatto pressione perché mi sistemassi e trovassi un compagno", lo rimproverò Aubrey.

"Quindi conosci quest'orso, ma non lo vuoi come compagno?", chiarì suo padre.

"Esatto".

"Bene, va bene. Fai pure la testarda", sospirò suo padre. "Tua madre ti vuole a casa domani. Stiamo organizzando un barbecue con alcune delle tue zie, zii e cugini".

Aubrey poteva già vederli, tutti i suoi parenti brulicanti e immersi in chiacchiere, assaporando le famose costolette dello zio Reid.

"Mamma farà la sua pasta al forno?", chiese Aubrey.

"Certo che sì".

"Va bene", acconsentì Aubrey. "A che ora?".

"Si mangia all'una. Vieni un po' prima, così potrai stare un po' con tua madre. Le manchi".

Nessun accenno ai sentimenti del padre riguardo la sua unica figlia, ovviamente.

"Bene", tagliò corto.

"Bene", le fece eco suo padre, e la linea si chiuse.

Aubrey fissò il telefono che teneva in mano, scuotendo la testa. Cosa diavolo aveva appena accettato?

14

"Lo zio Reid fa davvero il miglior barbecue del pianeta, a mani basse", disse Aubrey, pulendosi le labbra con il tovagliolo prima di spingere via il piatto.

"Vorrei poterne mangiare altri cinque piatti", disse in accordo sua cugina Emmie.

Sedevano insieme ad uno dei numerosi tavoli da picnic allestiti nel cortile posteriore dei genitori di Aubrey, un ampio patio con piscina, cucina all'aperto e persino un bar. I suoi genitori amavano le grigliate, e le organizzavano con stile. Cinquanta o più Berserker erano qui per la festa, quasi la metà del clan di Aubrey. L'ampia distesa del cortile posteriore era racchiusa da un fitto filare di alberi, rendendo l'evento sicuro e privato. Era un luogo d'incontro ideale, dato che molti del gruppo probabilmente si sarebbe trasformati e avrebbero esplorato il bosco più tardi.

"Credo che un altro piatto mi ucciderebbe", disse Aubrey mentre guardava gli orsi mutaforma mescolarsi tra loro. Finora era stato tutto piuttosto tranquillo, senza che scoppiasse una sola rissa. C'era da dire che gli ospiti erano lì da meno di un'ora. Non abbastanza tempo o alcol per far arrabbiare qualcuno... ancora.

C'era stato un momento di tensione quando zia Lilah aveva puntato un dito sul volto del padre di Aubrey gridando: "Jack Umbridge, figlio di puttana!". Subito dopo, Lilah aveva ridacchiato e si era lanciata tra le braccia del fratello, e tutti alla festa si erano rilassati ed erano tornati a sfondarsi di cibo.

"Morte da costolette?", Emmie sbuffò divertita. "Ci mandano comunque a tutte a trovare un compagno per forza. Forse la morte per barbecue non è una brutta fine".

Aubrey rise, lanciando un'occhiata clinica verso la sua parente preferita. Emmie e Aubrey avevano sicuramente gli stessi geni, erano così simili tra loro che da bambine i loro genitori a volte le confondevano. Oggi, invece, Aubrey si tingeva i capelli per far risaltare i suoi naturali riflessi rossastri, le corte ciocche castane di Emmie erano naturali e ricce.

"Cosa?" chiese Emmie, sorseggiando la sua Corona.

"Stavo solo pensando a come ci scambiavano da bambine", disse Aubrey.

"Sì. Voglio dire, anche Sarabeth ci assomiglia", disse Emmie, indicando un'altra cugina che stava in piedi di fronte al cortile a chiacchierare. "E Ann, e Becky. Wow, ho appena notato che ci sono solo due tipi di donne nella nostra famiglia. Grandi, dai capelli scuri e robuste, o minute, bionde e senza cervello".

Aubrey ridacchiò, sapendo che entrambe stavano guardando le cugine Jenna e Leslie. Entrambe le donne si adattavano all'etichetta "minuta, bionda e senza cervello".

"E Samantha?", chiese Aubrey, facendo un cenna nella direzione di un'altra cugina. "È magra e bionda, ma ha un dottorato di ricerca in fisica spaziale. È praticamente un genio".

"Ugh", disse Emmie, scuotendo la testa. "Ed è anche super gentile. Ecco come rovinare le cose per tutte noi altre".

Scoppiarono a ridere, rilassandosi mentre sorseggiavano un drink e osservavano gli altri. Era una gradita distrazione dal resto della vita di Aubrey.

"Wow...", disse Emmie, abbassando la birra e afferrando il braccio di Aubrey. "Ti prego, ti prego, dimmi che non è un cugino".

Aubrey seguì lo sguardo di Emmie per vedere che Luke era appena entrato in giardino, il padre di Aubrey lo seguiva da vicino. Metà delle donne presenti si girarono verso Luke, ammirandolo nella sua camicia a quadri e i suoi jeans aderenti.

"Oh, Dio. È qui con una delle cugine bionde?", si lamentò Emmie.

"Ne dubito", disse Aubrey, ma Emmie non stava ascoltando.

Luke sorrise e annuì al padre di Aubrey, quel bellissimo sguardo blu oceano esplorò il cortile, finché non atterrò su di lei. Aubrey rabbrividì, sentendosi stranamente esposta. Come diavolo era possibile che Luke fosse in casa dei suoi, e che stesse incontrando tutti i suoi parenti?

Luke si allontanò dal padre di Aubrey, dirigendosi verso di lei.

"Oddio, sta venendo qui!", sussultò Emmie.

"Sì", disse Aubrey. "Certo che sì. È qui per vedere me".

"Cosa?", chiese Emmie, ma non c'era tempo per spiegazioni.

"Ehi", disse Luke. Aubrey alzò lo sguardo, con gli occhi che si beavano di ogni centimetro alto e muscoloso di lui, mentre la sovrastava.

"Ehi", disse confusa. "Che ci fai qui?".

I lineamenti di Luke si tinsero di incertezza, ma il padre di Aubrey si intromise nella conversazione prima che potessero chiarirsi.

"Uh, Luke. Ho delle persone che vorrei presentarti", disse suo padre, raggiungendo e allontanando Luke dal tavolo di Aubrey.

"Jack..." Luke stava per dire qualcosa, ma il padre di Aubrey lo interruppe, guidandolo direttamente verso un gruppo delle tipe "minute, bionde e senza cervello" che si era riunito attorno ad un altro tavolo, tutte fissavano Luke come se fosse l'ultima porzione di costolette dello zio Reid.

"Lo conosci?", chiese Emmie, scuotendo il braccio di Aubrey. Aubrey deglutì e annuì, ma non aveva parole per spiegare come stessero le cose.

Il padre di Aubrey diede a Luke una birra fredda e gli ordinò di sedersi a tavola. Dopo un'altra occhiata ad Aubrey, Luke obbedì. Una delle bionde gli rivolse un sorriso abbagliante, ridendo mentre gli toccava un braccio.

Jack Umbridge tornò da Aubrey, alzando la fronte. Incrociava le braccia e fissava Aubrey, con uno sguardo soddisfatto sul volto.

"Vedi? Ho risolto", brontolò suo padre.

"Risolto cosa?", chiese Aubrey, incrociando le braccia.

"Intendevo davvero quello che ti ho detto. Non devi prendere nessuno che non vuoi. Ho detto che avevi la mia protezione, quindi...", indicò Luke con una mano. "Sto dando a Beran qualcos'altro per occuparlo. Problema risolto".

Aubrey aprì la bocca, preparandosi a sgridare il padre per essersi intromesso, ma lui alzò un dito interrompendola.

"Aspetta un attimo. Sembra che Beran si stia annoiando", disse.

Luke si alzò in piedi, regalando a una delle cugine un sorriso forzato, e cercò di liberarsi dal tocco di un'altra cugina. Il modo in cui Jenna, Leslie e Mary si agitavano intorno a lui fece capire ad Aubrey che non tutte stavano lottando contro il decreto sul matrimonio forzato. Le sue cugine sembravano pronte a investire tutto, qui ed ora.

"Merda", mormorò Aubrey. Si alzò, cercando sua madre. Trovandola nell'angolo più lontano, Aubrey andò da lei evitando suo padre, Luke e tutte le cugine.

"Mamma, ma che diavolo?" chiese Aubrey, frustrata.

"Ci sono problemi, Aubrey?", chiese sua madre, alzando la fronte e incrociando le braccia.

"Perché' papà sta facendo questo? Non ho chiesto aiuto per liberarmi di Luke", senza volerlo, Aubrey si era ritrovata a rispecchiare la posa agitata di sua madre.

"Gli hai fatto venire un bel po' di sensi di colpa, signorina. Tuo padre non è uno che parla molto, è uno che agisce. Così è uscito e ha agito", disse sua madre.

"Ma..."

"Ehi", disse sua madre, scuotendo la testa. "Non voglio sentire storie. Per quanto ne sai, questo tizio..."

"Luke. Il suo nome è Luke", scattò Aubrey.

"Ok. Per quanto ne sai, Luke potrebbe stabilire un legame con una delle tue cugine".

"Sicuramente non lo farà!", protestò Aubrey.

"Hai qualche diritto su di lui?", la sfidò sua madre.

"No! No, niente del genere", ribatté Aubrey irritata.

"Tu non lo vuoi. Questo è quello che mi stai dicendo", dichiarò sua madre.

Aubrey fece un respiro profondo, sentiva le guance arrossarsi. Poi annuì, senza volersi arrendere.

"Va bene, allora. Vai a prenderti una birra fresca e torna

da Emmie. Sembra sola. Ancora meglio, presentala", suggerì sua madre.

Dall'altra parte del cortile, Aubrey osservò come suo padre stava presentando Luke un gruppo di donne dai capelli scuri. Leslie li aveva seguiti, inserendosi nel nuovo gruppo mentre accendeva al massimo il suo fascino. Luke guardò Aubrey per un breve momento prima di voltarle le spalle, concentrando la sua attenzione su una delle belle cugine more.

"È ridicolo", mormorò Aubrey, scuotendo la testa con disgusto. Si allontanò dalla madre, afferrando due birre fresche mentre tornava al tavolo di Emmie.

"Sta succedendo qualcosa qui?", chiese Emmie mentre Aubrey si sedeva di nuovo.

"No. Niente che valga la pena di sapere", disse Aubrey.

Fecero un brindisi con le bottiglie e sorseggiarono la loro birra, sedute in disparte a guardare lo spettacolo.

15

Quando James Erikson, attuale Alfa del branco di Aubrey, si presentò con un piccolo entourage, Aubrey cominciò davvero a sentirsi nervosa. Erikson aveva portato la sua compagna e un gruppo di giovani donne disponibili che facevano parte della sua famiglia. Aubrey salutò Therese, la figlia di James. La moretta, bella e tutta curve, era dolce, intelligente e vivace; la sua personalità da ragazza della porta accanto e il suo bel look la rendevano la quintessenza della ragazza che tutti volevano. Aubrey non vedeva Therese dalla notte dell'evento a casa della famiglia Beran, ma la sua presenza qui poteva significare solo una cosa.

A quanto pare Luke era una merce più interessante di quanto si fosse resa conto Aubrey. Oltre ad essere un uomo da non lasciarsi sfuggire, come le aveva detto Val, era anche in una posizione di potere. Come figlio maggiore di Josiah Beran, aveva il potenziale per gestire gli affari di ogni Berserker a nord-ovest del Pacifico. Con il suo passato militare, era senza dubbio un forte contendente agli occhi di ogni Alfa.

Questo pensiero ricordò ad Aubrey che non si era mai preoccupata di chiedere a Luke se avesse intenzione di succedere a suo padre. L'idea la scoraggiava; Aubrey odiava pensare di diventare una signora di classe, qualcosa di insito nel ruolo di una compagna di un maschio Alfa.

"La cosa sta diventando seria", disse Emmie, annuendo verso James mentre tornava al tavolo da picnic. Incoraggiata da Aubrey, anche la dolce Emmie si era presentata a Luke, curiosa della sua presenza.

"Hai avuto fortuna con Luke?", chiese Aubrey, mantenendo un tono di voce neutrale. La gelosia la stava già bruciando dentro, ma non aveva il diritto di dire nulla.

"Davvero?", sospirò Emmie, tamburreggiando le unghie sul tavolo.

"Cosa?", chiese Aubrey, distogliendo lo suo sguardo da dove James stava presentando Luke a Therese.

"Smettila di fingere che non ti interessi. Ho visto il modo in cui ti guardava quando è arrivato, uno sguardo così intenso. E anche tu non puoi smettere di fissarlo, quindi..." Emmie le fece sventolare una mano davanti agli occhi.

"Sono solo interessata a quello che sta succedendo. Tutti stanno guardando", sottolineò Aubrey. Era vero; ogni singola persona nel cortile di casa stava monitorando con grande interesse l'interazione di Luke con James e con il padre Aubrey.

"Oh, eccolo che arriva!", squittì Emmie.

Luke si stava dirigendo dritto verso il loro tavolo, con la rabbia chiara sul volto. Tutti lo stavano guardavano ancora, e molte delle donne che guardavano sembravano demoralizzate.

"Puoi scusarci?", chiese a Emmie. Lei si dileguò e andò dalla madre, lasciando Aubrey da sola con Luke. Anche se erano a diversi metri di distanza da tutti gli altri, Aubrey sentì il peso degli sguardi indagatori dei membri del suo clan.

"Aubrey, che sta succedendo qui?", le chiese Luke, incrociando le braccia e appoggiandosi al tavolo. Aubrey si schiarì la gola e allontanò la bottiglia vuota con cui stava giocherellando.

"Sembra che ti stiano corteggiando", disse Aubrey, premendole le labbra in una linea dura.

"Se questa è una tua idea…", iniziò Luke, fermandosi poco dopo, quando il padre di Aubrey si fece avanti e gli mise una mano sulla spalla. James Erikson era proprio dietro di lui, facendogli presagire qualcosa.

"Abbiamo due offerte sul tavolo", disse Jack Umbridge, comportandosi come se Aubrey fosse invisibile. "Mia nipote Leslie è… interessata a te".

"O la mia Therese", si intromise James. James e il padre di Aubrey stavano spalla a spalla di fronte a Luke, lasciando che Aubrey che li fissasse come una bambina. "Entrambe sarebbero una buona scelta. Avvicinerebbe i nostri clan".

Aubrey restò a bocca aperta. La pura e semplice manipolazione politica che si stava verificando sotto i suoi occhi era incredibile. Guardò Luke, che sembrava sempre più irritato dal momento.

"Mi serve solo un secondo per parlare con Aubrey", disse. "Da solo".

"No", disse suo padre, con tono ed espressione piatta. "Leslie, o Therese".

La bionda sexy o la splendida mora? Si chiese Aubrey, sentendosi amareggiata.

Luke cercò di muoversi per vedere il volto di Aubrey, ma i due Alfa si spostarono per bloccarla completamente.

"Non posso decidere una cosa del genere in pochi minuti", disse Luke, la sua frustrazione era evidente. "Non sapevo nemmeno che questo fosse un evento per decidere con chi dovessi uscire".

"Uscirai con una di loro, allora?", chiese James, esigendo una risposta.

Ci fu un lungo silenzio, ogni secondo di calma faceva rabbrividire Aubrey sempre di più. Si alzò dal tavolo, non volendo sentire altro. Girandosi, scappò verso il vialetto d'ingresso. Doveva salire in macchina e andarsene da qui prima che la situazione diventasse ancora più claustrofobica.

"Non osare muoverti", sentì la voce roboante di suo padre che la seguiva.

Le lacrime le bruciavano gli occhi, ma si rifiutava di voltarsi indietro. Una piccola voce dentro la sua testa le disse di voltarsi, dire a Luke che era interessata, che le importava di lui. Ma se non poteva impegnarsi a diventare la sua compagna, sarebbe stato sbagliato. Aubrey saltò in macchina e fuggì, sapendo che così stava suggellando il suo destino, e probabilmente anche quello di Luke.

16

Luke si appoggiò al lato della sua berlina a noleggio, guardando la porta d'ingresso del Centro di salute per donne di Sunnyside. Picchiettò il piede in terra con impazienza, contento almeno di essere di nuovo all'aria aperta.

Era venuto qui subito dopo il suo volo di ritorno da Portland; tutti i rumori, gli estranei e le file interminabili lo avevano quasi ucciso. Per finire, la sua evidente agitazione aveva attirato ancora una volta l'attenzione della sicurezza aeroportuale, con il risultato di una lunga ed eccessivamente approfondita ricerca e interrogatorio. Il suo orso era così vicino alla superficie, e ruggiva per essere lasciato libero. Non ne sarebbe venuto niente di buono.

Il suo telefono ronzava in tasca e lui lo controllò, trovando un messaggio dall'amica di Aubrey, Valerie.

Preparati, sta uscendo. C'era scritto così.

Luke si schiarì la gola e si allontanò dall'auto quando la porta anteriore dal palazzo si aprì. Apparve Aubrey, vestita con un bellissimo abito azzurro e tacchi rossi. I suoi lunghi capelli erano attorcigliati in una spessa treccia che giaceva su una spalla, e Luke non riusciva a ricordarla più bella di così.

Teneva in bilico su un braccio un'enorme pila di cartelle con una borsa e una sportina, guardando verso il basso mentre camminava verso di lui. Alzò lo sguardo solo quando fu ormai vicina alla sua macchina, inciampando e quasi lasciando cadere i suoi documenti.

"Luke, cosa...", Aubrey si interruppe, scuotendole la testa. "Non dovresti già essere in luna di miele con una delle mie cugine?".

Luke la guardò aggrottando la fronte, scuotendo la testa. Non le avrebbe permesso di litigare qui per strada.

"Sali in macchina", ordinò, chinandosi per aprire la portiera posteriore. "Dammi le tue cose, te le carico io".

"Come, scusa?", chiese lei. Gli piaceva lo sguardo di sorpresa sul suo viso, proprio il momento prima di prepararsi a farlo a pezzi.

"Sali", ripeté.

"Non penso proprio", scattò lei, voltandosi per andarsene. Si imbatté in Valerie, che era uscita dietro di lei portando una piccola borsa da viaggio. All'espressione in attesa di Valerie, Aubrey la rimproverò.

"Voi due siete in combutta?!", si lamentò Aubrey, battendo il piede. "È ridicolo! Sei proprio una traditrice".

Valerie incrociò le braccia e sollevò le sopracciglia, rivolgendo ad Aubrey uno sguardo duro.

"Ricorderò che l'hai detto", rispose Valerie.

"E allora? Che cosa succede?" chiese Aubrey, sopraffatta.

"Sali in macchina e te lo dico io", disse Luke.

Aubrey infilò i suoi documenti tra le braccia di Valerie, girandosi per affrontare Luke. Era a un passo dal dare di matto, e Luke dovette ammettere che gli piaceva vederla così. In realtà, gli piaceva davvero tantissimo. Riusciva a percepire l'orso di lei che veniva alla luce, portando in superficie anche il suo, e visto il lungo periodo che aveva passato da solo, lo eccitava ad un livello primordiale.

Prima che potesse aprire la bocca per protestare ulteriormente, Luke si fece avanti e la afferrò per la vita. Avvicinandosi a lei, fece ciò che aveva sognato di fare ogni secondo da quando lei lo aveva cacciato da casa sua: la baciò. Si chinò su di lei e premette con fermezza le sue labbra contro quelle di Aubrey, tenendola stretta. Per un lungo momento lei resistette, il suo corpo teso come se volesse spingerlo via.

Poi la sua bocca si ammorbidì sotto quella di Luke, e portò le braccia a intrecciarsi dietro le spalle dell'uomo. Le sue labbra si separarono in un sospiro, e con lingua cercò la sua. In pochi secondi il bacio divenne profondo e selvaggio, lasciando entrambi ansimanti. Aubrey gemeva contro le sue labbra, e Luke fece tutto ciò che era in suo potere per non spogliarla e prenderla proprio lì sul marciapiede. Il suo orso finalmente si rilassò un po', lasciando che Luke respirasse più serenamente per la prima volta in diversi giorni.

Anche se non voleva affatto liberare Aubrey dalla sua stretta, Luke rallentò il bacio e poi si tirò indietro, guardando verso il basso verso gli occhi di lei oscurati dal desiderio.

"Sali in macchina, Aubrey", disse dolcemente. "Faremo un viaggio".

"Non posso", sospirò. "Ho del lavoro da fare e non ho una valigia".

"Ed è qui che entro io", interruppe Val, agitando una mano per ricordare ad Aubrey che era ancora presente. "Sono andata a casa tua a pranzo e ti ho preparato una borsa. E ti coprirò al lavoro per qualche giorno, per tutto il tempo che ti serve".

Aubrey fece un passo indietro, guardando Luke con un'espressione di paura e desiderio.

"Di cosa si tratta?", chiese ancora una volta.

"Immagino che dovrai salire in macchina per scoprirlo", scrollò le spalle, facendo finta di niente.

Dopo un agonizzante minuto, Aubrey sospirò e accettò il borsone che Valerie le stava porgendo. Luke sorrise mentre la invitava a sedersi sul sedile del passeggero, riponendo la sua borsa sul sedile posteriore. Il suo cuore era leggero, anche se sapeva che questo era solo il primo passo. La parte più difficile doveva ancora arrivare.

17

Aubrey fu tranquilla per la maggior parte del viaggio lungo la costa. Luke tamburellava con la punta delle dita sul volante e cambiò stazione radio una mezza dozzina di volte, sentendosi agitato. La città lo stava logorando, rendendolo nervoso nonostante la presenza calmante di Aubrey. Il suo tempo a Portland non gli aveva fatto troppo bene; era peggiorato e aveva quasi avuto un vero e proprio attacco di panico all'aeroporto.

Aubrey si limitava a sorridere ogni volta che tentava di fare una chiacchierata, quindi stava zitto. Lei sciolse i suoi lunghi capelli e li pettinò con le dita, riempiendo l'auto del suo caldo profumo. Luke si agitava sul sedile, imbarazzato dal fatto che il suo profumo lo rendesse duro come una roccia.

Quando Luke uscì dall'autostrada e cominciò a percorrere in un viale privato leggermente boscoso, lei guardò fuori dal finestrino ma non disse nulla. Fermò l'auto alla fine della strada, un punto tranquillo dove la linea degli alberi si interrompeva a poche centinaia di metri dall'oceano.

"Eccoci", le disse Luke, saltando fuori dalla macchina. Aprì il baule e tirò fuori una tenda, due ghiacciaie, e un borsone simile a quello di Aubrey. Saltellava sui piedi, la tensione dentro di lui si espandeva, aveva accumulato ansia fino al punto che pensò di poter esplodere.

"Quella è una tenda?" chiese le, guardandolo con sospetto.

"Ebbene sì. Non preoccuparti", le disse, tirando fuori dal bagagliaio un materassino di schiuma spessa. "Sarà molto comoda".

"Non sono proprio una da campeggio", disse Aubrey, guardando i suoi tacchi.

"Ah, sì. Valerie ti ha messo in valigia delle scarpe", disse Luke, consegnandole la borsa. Aubrey la aprì, tirando fuori un paio di infradito rosa. Aggrottò la fronte e tirò su un pezzo di raso rosso all'interno della borsa. I suoi occhi si illuminarono quando capì di cosa si trattava dopo qualche secondo, ma si limitò ad arrossire e mormorare qualcosa di brutto rivolto all'amica mentre chiudeva la borsa con la cerniera. Lasciò i tacchi in macchina e indosso i sandali.

Una volta pronta, Luke la condusse a destinazione. La loro casa per la notte era un'ampia piattaforma di legno con quattro alti pali agli angoli. Si trovava proprio sotto la prima fila di alberi, e affacciava sulla spiaggia di sabbia bianca.

"Ok. Ci sono bevande nella ghiacciaia blu", disse Luke indicandola. "Siediti pure e guardami mentre lavoro".

Aubrey obbedì per una volta, e in pochi minuti Luke aveva appeso un telone spesso ai pali. Poi montò la tenda altrettanto velocemente, mettendo il materassino di schiuma all'interno. Tornò in macchina per prendere un mucchio di morbidi cuscini, che infilò all'interno della tenda.

"Che ne pensi?" chiese, gesticolando verso la tenda.

"Molto bello", ammise Aubrey, con un sorriso sulle labbra.

"Non ho ancora finito!", le disse Luke. Si dette un po' da fare a raccogliere una pila di legna da ardere, preparando tutto per il fuoco da campo che aveva pianificato dopo il tramonto. Sistemò tutte le borse e i refrigeratori al loro posto, rifiutando l'offerta di aiuto da parte di Aubrey. Una volta finito, aggrottò la fronte e si sgranchì il collo, cercando di liberarsi un po' della tensione alle spalle e alla schiena. Aveva pensato che uscire dalla città avrebbe calmato il suo orso e alleviato i suoi stessi nervi, ma non gli era servito a nulla.

"Ehi", lo chiamò Aubrey, seduta sulla piattaforma vicino alla tenda. "Vieni a sederti con me per un secondo".

Luke la guardò, ammirando il modo in cui i suoi lunghi capelli svolazzavano nella fresca aria salata, il sole serale faceva scintillare alcune ciocche come se fosse fuoco setoso. Si avvicinò e poi si sistemò vicino a lei.

"Che ti succede?", chiese, rivolgendogli uno sguardo penetrante.

"Niente", rispose, le sue parole erano la stessa difesa automatica che usava con tutte le persone della sua vita.

"Stronzate", disse, scuotendo la testa. "Sei così... teso. Sei teso da quando ti ho posato gli occhi addosso".

Luke fece un bel respiro. Non era pronto a caricare i suoi problemi sulle spalle di Aubrey.

"È stata solo una settimana lunga, tutto qui", disse. Sembrava patetico, persino alle sue orecchie.

"Devi trasformarti", gli disse Aubrey.

"È... posso aspettare", disse lui in guardia.

Aubrey si tolse gli infradito scalciandole sulla sabbia. Si girò e si incamminò verso gli alberi, poi si girò per lanciargli un'occhiata carica di significato. Quando il suo vestito scivolò a terra a pochi metri di distanza, Luke non poté fare a meno di seguirla. Si spogliò e si trasformò in orso, sentendo i familiari scricchiolii e scatti di ossa mentre lei si spostava appena fuori dalla vista.

Aubrey tornò indietro, anche lei trasformata nel suo orso. Lui restò di sasso quando la vide, avvistando la chiazza rossiccia di pelliccia sul petto che si distingueva dal resto del suo manto fitto e scuro. Era un orso del sole, cosa che lui non si aspettava. Aubrey era molto più piccola del suo Grizzly; in questa forma, probabilmente era solo due terzi delle sue dimensioni. Il suo orso la adorò immediatamente, riconoscendola senza indugi.

Aubrey sbuffò lievemente, girandosi e dirigendosi nel bosco, lasciandogli delle tracce. Luke la seguì, rendendosi conto che sia il suo lato umano che il suo orso erano completamente perduti per Aubrey Umbridge.

18
———

Luke finì di portare via i resti della loro cena, impacchettandoli in macchina. Tornò da Aubrey, lamentandosi un po' mentre si sedeva accanto a lei sulla piattaforma della tenda. Era davvero piacevole sedersi a guardare i raggi del sole svanire all'orizzonte, con una morbida coperta di lana stesa sotto di loro e il fuoco scoppiettante a pochi metri di distanza.

"Dolorante?", chiese Aubrey, prendendolo un po' in giro.

"Sì. Non correvo davvero in forma di orso da quando ero a casa dei miei genitori", ammise.

"È difficile fare una buona corsa quando si vive in città", disse Aubrey, la sua voce malinconica. "Devo andare nelle terre del mio clan. È un po' una rottura ritagliarsi del tempo tra gli impegni di tutti i giorni".

Luke annuì, anche se non aveva ancora degli impegni di cui preoccuparsi. Una volta accettato un lavoro in città e instaurata una routine, le cose si sarebbero fatte più difficili.

"Il viaggio a Portland è stato piuttosto difficile. Avrei dovuto chiamare James Erikson e chiedere il permesso di correre sulla sua terra prima di partire. Però non avevo voglia di finire ad un appuntamento a sorpresa con sua figlia", scherzò Luke.

"È difficile dire di no a Therese", disse Aubrey, torcendosi le dita in grembo.

"Non per me, non lo è. È molto carina, ma niente in confronto a te".

Aubrey lo guardò alzando gli occhi e aggrottando la fronte, ma non rispose direttamente. Invece, evitò l'argomento.

"Hai incontrato un sacco di donne alla festa di mio padre".

"E che evento che è stato. Quando tuo padre mi ha chiamato, ho pensato... beh, non sono sicuro di quello che pensavo. Speravo che stesse cercando di metterci insieme in una stanza. Non ci ho messo molto a capire che mi sbagliavo completamente", disse Luke con una risata.

"Mi sono chiesta come tu sia finito lì", disse Aubrey, arricciando le labbra.

"Sì. Tuo padre è piuttosto persuasivo quando vuole esserlo".

"Non c'è da scherzarci", disse Aubrey. "È il motivo per cui sono andato a quello stupido evento di incontri. Senza offesa per la tua famiglia o altro, ma quel tipo di interazione forzata non fa per me".

Luke rise, poi fece un respiro profondo, rendendosi conto di quanto si sentisse meglio dopo una corsa e aver mangiato qualche salmone e verdure grigliate sul fuoco. Come ogni orso, la sua vita era incredibilmente più dura quando aveva anche solo un po' di fame.

"Mia madre ama organizzare feste nel fienile, ma l'aspetto dello speed dating non è stata una sua idea. È stato mio padre a offrire la collaborazione di mia madre".

"Ah! mia madre impazzirebbe. Mio padre sarà pure

l'Alfa, ma la casa è di mia madre. È lei che gestisce la baracca".

"Mia madre non discute mai con mio padre davanti a nessuno, nemmeno me e i miei fratelli, ma gestisce le nostre vite. È lei che mi ha fatto fare il colloquio a Portland, in realtà l'azienda è di proprietà di un amico del clan, qualcuno che lavora nel settore tecnologico della sicurezza".

"È questo che fai?", chiese Aubrey. Luke annuì.

"Mi occupo di hardware, di tutti i gadget".

"È quello che facevi nell'esercito, allora?".

"Sì. Dieci anni della mia vita", disse Luke.

"Quindi... Portland, eh? Quando accetterai il lavoro, sarai abbastanza lontano da San Francisco".

Luke ridacchiò.

"Mi piace che tu supponga che io abbia ottenuto il lavoro".

"Beh, è così, no?", disse Aubrey. Era bello che lei sembrasse così sicura di lui.

"Voglio dire, forse. Se l'ho ottenuto è solo grazie alla mia famiglia. Ho fallito il colloquio, è andato malissimo".

Aubrey lo guardò e spalancò gli occhi.

"Come?" chiese, non credendo che una cosa del genere fosse possibile.

"Ho avuto un attacco di panico circa cinque minuti prima di entrare. Ero troppo sotto pressione, e stavo pensando alle cose con te, e sentivo odore di fumo...". Sospirò. "È venuto fuori che qualcuno aveva lasciato una porta aperta e c'era un furgoncino di panini parcheggiato fuori. Ma ho perso davvero la testa".

"Sono sicura che non sia andata così male", disse Aubrey, allungandosi per posare una mano sulla sua.

Luke le rivolse un mezzo sorriso.

"Tu non c'eri. Non è stato bello".

Esitò, incerto se condividere la sua tecnica per gestire il panico.

"Cosa?", chiese Aubrey, osservandolo da vicino.

"Suonerà stupido, ma uso il nostro tempo insieme a San Diego per fermare i miei attacchi di panico", disse.

"Davvero?" chiese lei, sembrava divertita.

"Sì. Penso di sdraiarmi a letto e mangiare bistecche del servizio in camera con te".

"E tu hai bevuto quel succo di mela al posto dello champagne", rise Aubrey, ricordando.

"Già. Dopotutto, il whiskey alla festa nel fienile di mia madre ha rafforzato la mia convinzione di essere astemio", disse.

Aubrey cadde in silenzio nel sentire nominare quell'incontro, una dozzina di emozioni negative le balenarono sul viso.

"Posso chiederti una cosa?", disse Luke.

"Certo", rispose Aubrey scrollando le spalle, la sua spensieratezza era scomparsa.

"Dopo che l'altro giorno sei andata via da casa dei tuoi genitori, tuo padre mi ha messo alle strette e mi ha fatto la predica. Era combattivo. Non è stato proprio chiaro con me, ma mi ha detto qualcosa. Ha detto: 'a causa di Lawrence', insomma qualcosa su un tizio di nome Lawrence".

Quando Aubrey rabbrividì, Luke si pentì subito delle sue parole. Sicuro che si sarebbe rinchiusa in sé stessa, rifiutandosi di parlare ancora. Invece lo guardò dritto in volto, con gli occhi che brillavano come se stesse per piangere.

"Immagino di avere delle spiegazioni da darti", disse, con la voce spezzata. Quando Luke aprì la bocca per farla tacere, dirle che non aveva bisogno di spiegargli niente, lei scosse la testa.

Luke non poté far altro che sedersi e aspettare che gli raccontasse la sua storia.

19

Aubrey fece un respiro profondo, lasciando cadere lo sguardo dal volto di Luke. Per lei era giunto il momento portare la sua storia allo scoperto, avrebbe lasciato a lui giudicare.

"Lawrence è Lawrence Matheison", iniziò a raccontare e poi fece una pausa.

"Intendi il clan Matheison di Chicago?" chiese Luke. Aubrey sbatté le palpebre, annuendo lentamente. Luke era troppo intelligente.

"Sì, proprio loro. È l'unico figlio di Anders Matheison, l'erede del titolo Alfa".

Luke annuì, ma non disse nient'altro. Però si allungo a prenderle la mano, avvolgendole le dita nella calda forza delle sue. Aubrey strofinò le sue dita contro quelle di lui, assaporandone i morbidi calli. Luke era forte, e lavorava con le mani quando poteva. Era il sale della terra, non aveva nulla in comune con Lawrence.

"È davvero un bell'uomo", ammise Aubrey, quasi sorridendo per il modo in cui Luke si irrigidì e si dimenò alle sue parole. "Calmati. Sto solo dicendo che fa parte del suo fascino. Gli piace trasmettere a tutti l'idea che può avere qualsiasi ragazza al mondo, e quando ha rivolto la sua attenzione su di me... Mi vergogno ad ammettere che mi ha influenzato. Ero giovane e mi ha colpita facilmente".

Fece un altro respiro prima di continuare.

"È come se mi avesse fatto salire al settimo cielo. Fiori, caramelle, appuntamenti stravaganti. Mi portava a bordo dello yacht di suo padre, dicendomi sempre quanto fossi fortunata, quanto fossi una ragazza speciale. Volevo tanto sentirlo dire. Crescendo intorno a tutte le mie stupende cugine, che hai conosciuto..." Aubrey gesticolò con una mano.

Luke scrollò le spalle, senza aggiungere nulla.

"Beh, mi ha conquistata completamente. È buffo, perché in realtà non mi ha dato nessuna delle cose che desideravo in una relazione. Si è inginocchiato al quinto appuntamento, mi ha promesso un anello enorme, e tutto il resto. Ma prima non avrebbe vissuto con me. Non avrebbe partecipato ad alcuna riunione con la mia famiglia, solo la sua. Parlava sempre di come mi avrebbe fatta trasferire a Chicago, e non voleva sentire parlare d'altro".

"E tu hai lasciato che accadesse?" chiese Luke, sembrava divertito. "Non posso immaginarlo".

"Avevo delle riserve, ma tutti gli altri erano così entusiasti. I miei genitori erano felicissimi e i Matheison erano così gentili con me. Lawrence mi portò a Chicago per una settimana scaricandomi a sua madre per metà del tempo, spingendoci a pianificare questo enorme matrimonio. Non era quello che volevo, ma tutti continuavano a dirmi che due clan che si univano in matrimonio è un evento sociale importantissimo. E quindi io stessa mi sentivo importante, e sono rimasta coinvolta".

Si fermò per un momento, ricordando.

"Ripensandoci, Lawrence aveva già fatto dei passi falsi all'epoca. Rideva dei miei suggerimenti, li chiamava stupidi. Ma io non gli davo peso. Era un donnaiolo incredibile, parlava sempre con altre donne, ma quando mi arrabbiavo mi lusingava fino a quando non lo lasciavo in pace. Il vero segnale di allarme era che mi toccava a malapena, per quanto romantici fossero i nostri appuntamenti. Diceva che aspettava il matrimonio".

Aubrey sbuffò disgustata.

"Era una bella bugia, ma non ci pensavo molto. In realtà credo che sua madre abbia provato ad avvertirmi un paio di volte. Continuava a farmi domande scomode, ma era completamente soggiogata da Lawrence e suo padre. In realtà ho visto Lawrence afferrarla e attorcigliarle il braccio una volta, ma lei si è comportata come se non fosse un grosso problema... è stato allora che ho capito che le cose non stavano funzionando".

"Così lo hai lasciato", cercò di indovinare Luke.

"Beh, l'ho affrontato per il suo comportamento, e lui ha dato di matto. Ha completamente abbandonato la sua dolce recita da fidanzato, mi ha chiamato in tutti i modi peggiori. Mi ha detto che se gli avessi incasinato le cose, me ne sarei pentita. Questo è stato tipo... quattro giorni prima del matrimonio".

Luke serrò la mascella e strinse le mani.

"Sembra un pezzo di merda".

"Sì, beh. Il giorno dopo si è scusato infinite volte, ma sapevo che dovevo dire ai miei genitori cosa stava succedendo. Quando sono arrivati a Chicago, li ho fatti sedere entrambi e ho detto loro un po' di quello che avevo visto. Mio padre ha perso le staffe, quasi quanto Lawrence, dicendomi di stare zitta e stare al mio posto. Mia madre cercava di appoggiarmi, ma mi ha assicurato che stavo avendo la tipica paura prematrimoniale".

"Questo è... non ho parole", disse Luke, con gli occhi carichi di rabbia crescente.

"Adesso, neanche loro ne hanno", lo rassicurò Aubrey. "Onestamente, l'intera faccenda avrebbe potuto andare avanti, indipendentemente dai miei desideri. È solo che ha preso velocità finché non ho potuto fare nulla per rallentarla".

"Spero tu abbia lasciato quello stronzo sull'altare", brontolò Luke.

"Non siamo arrivati a quel punto. Lawrence è scomparso dalla cena di prova, una cosa tutta fronzoli e segretezza. Quando mi alzai per andare a cercarlo, lo trovai in una delle stanze sul retro della sala banchetti, completamente immerso in una delle damigelle d'onore che aveva scelto per me. Un'amica d'infanzia, a quanto diceva lui".

"Immagino che si sia pentito?", chiese Luke.

"Affatto. In realtà ha dato completamente di matto. Mi ha chiamata grassa e inutile, mi ha detto che avrei fatto meglio ad abituarmi e che lui avrebbe fatto tutto quello che voleva, perché nessuna compagna poteva legarlo. Mi ha detto che non ero niente, che ero solo un modo per lui di governare su due clan, e altre puttanate del genere. Mi ha preso e ha iniziato a farmi del male, proprio come aveva fatto con sua madre. Ho provato a reagire, ma ero così stupida. Non ho nemmeno pensato di trasformarmi", disse Aubrey, profondamente imbarazzata. "È il punto più basso che abbia mai toccato in vita mia. Mio padre è arrivato qualche secondo dopo, e ha dovuto strapparmi Lawrence di dosso".

"E tuo padre non l'ha ucciso sul posto?", si lasciò sfuggire Luke.

Aubrey sollevò lo sguardo verso di lui. I suoi occhi sfolgoravano, il giallo delle sue iridi spiccava nettamente. La sua furia era così forte che Aubrey poteva effettivamente annusarla nell'aria, volteggiava intorno a loro, con uno spessore quasi soffocante. Allungò la mano e gli carezzò il braccio, sollevata quando vide che il suo tocco sembrava calmare il suo stato d'animo.

"Onestamente, penso che ci siamo vergognati entrambi così tanto. Mio padre si sentiva una merda per avermi costretto ad andare avanti, e per non aver ascoltato quando gli ho detto cosa stava succedendo. E io... mi sentivo annientata. Sembra stupido, ma mi sembrava che fosse tutta colpa mia. Pensavo che se fossi stata migliore, Lawrence mi avrebbe voluta davvero".

"Gesù", disse Luke, che sembrava sconvolto.

Aubrey esitò, rendendosi conto che questo era il momento giusto. Gli aveva raccontato metà della storia, e lui aveva a malapena battuto ciglio. Se gli avesse detto tutto forse avrebbe finito per allontanarlo, ma almeno si sarebbe sentita onesta. Gli doveva la verità.

"Non è stato così male. Ho incontrato Valerie attraverso un gruppo di sostegno alle vittime di abusi. Mi ha portato a Sunnyside per offrirmi come volontaria, ed entrambe abbiamo finito per lavorare lì. Mi ha cambiato la vita, ma non in peggio", disse.

Prendendo un respiro profondo, intrecciò le dita con quelle di Luke e lo guardò negli occhi.

"È stato solo pochi mesi prima di conoscerti", gli disse lei. "E... c'è dell'altro, onestamente".

La bocca di Luke si aprì per poi richiudersi. Aubrey non poté fare a meno di sorridere, perché anche se lui era un tipo silenzioso, in realtà non l'aveva mai visto senza parole prima d'ora. Anche se sorrideva, le lacrime le brillavano negli occhi mentre le parole si formavano sulle sue labbra.

"Anche io ho pensato di venire a cercarti", confessò. "In effetti, ne avevo tutta l'intenzione. Avevo persino trovato un investigatore privato che avrebbe potuto rintracciarti".

"Ma non l'hai fatto" disse Luke, inclinando la testa di lato, osservandola da vicino.

"No. Qualche settimana dopo aver passato il weekend insieme, ho notato di avere un ritardo". Aubrey fece un respiro profondo e poi espirò, sapendo che non poteva più tornare indietro, aveva bisogno di tirare fuori tutto. "Sono andata dal dottore e mi ha confermato la gravidanza".

Le sopracciglia di Luke si alzarono, la sua sorpresa unita era unita a un pizzico di sospetto.

"Non era il momento giusto nella mia vita per avere un figlio. Stavo ancora ripensando a tutto quello che era successo con Lawrence, e poi sono rimasta incinta di uno che era praticamente uno sconosciuto...".

"Non eravamo estranei. Non dopo la prima notte che abbiamo passato insieme", disse Luke, con voce gelida.

"Lasciami... Devo dirti tutto. Sapevo di non poter avere un figlio. Sapevo che i miei genitori mi avrebbero obbligato a tenerlo, che sarei stata incatenata a loro, o a te se ti avessi mai trovato. È solo che... non potevo proprio farlo. Così ho preso un appuntamento per interrompere la gravidanza".

Aubrey esalò un lungo e lento respiro.

"Non voglio sentire altro, Aubrey. Questo è... non lo so", disse Luke. La sua espressione ferita le spezzò il cuore, ma lei aveva bisogno che lui capisse.

"Non sono mai andata all'appuntamento", disse, scuotendo la testa. "Dopo tutto questo, non ce l'ho ancora fatta. Ho cambiato idea, ho deciso che avrei avuto il bambino e l'avrei dato in adozione".

L'ossessione di Luke

"Stai cercando di dirmi che ho un figlio là fuori da qualche parte, che vive con degli sconosciuti?", disse Luke alzando pericolosamente la voce.

"No. Mi dispiace ma non è così. Ho avuto un aborto spontaneo al terzo mese", disse Aubrey, con voce tremante. Lasciò andare le lacrime che iniziarono a scorrerle sul viso, e poi chiuse gli occhi.

"Tu..." Luke iniziò a dire, poi si fermò. Si alzò in piedi, spazzolandosi i vestiti e si sfregò una mano tra i capelli. "Devo solo... devo fare una passeggiata, pensare un minuto. Ti prego, non andare da nessuna parte".

Lo sguardo sul suo viso congelò Aubrey sul posto. Lei annuì, un lieve lamento le sfuggì dalle labbra mentre lo guardava andare allontanarsi. Il sentimento nel suo petto, la vergogna e il rimpianto che si erano fatti strada da quel luogo profondo e buio che celava dentro di sé, minacciava di consumarla. Era esattamente lo stesso che aveva provato in ospedale, rendendosi conto che aveva perso il bambino di Luke, il bambino che aveva pianificato di dare via. La gravidanza che aveva originariamente previsto di interrompere. Il dolore era acuto, fresco come lo era stato quel giorno.

Incapace di trattenere la sua angoscia, Aubrey strisciò nella tenda e chiuse gli occhi.

20

Era buio pesto fuori quando Luke tornò, il fruscio tra i rami degli alberi svegliò Aubrey dal suo sonno esausto. Si mise a sedere, strofinandosi gli occhi per scacciare via il sonno, pronta ad affrontare qualsiasi cosa Luke avesse da dire. Quando infilò la testa nella tenda, la mancanza di rabbia nella sua espressione la spaventò.

"Ehi", disse. "Posso entrare?".

"È la tua tenda", rispose Aubrey, sentendosi stupida.

Luke si trascinò dentro, sistemandosi accanto a lei. Allungò la mano e afferrò quella di lei.

"Aubrey, mi dispiace tanto", le disse, facendole trattenere il respiro.

"Cosa?" balbettò, confusa.

"Mi dispiace che ti sia successo tutto questo. Mi dispiace per quello che è successo con il tuo ex, mi dispiace di non essere stato più attento a usare precauzioni, e mi dispiace che tu abbia dovuto fare questo tipo di scelta", disse, poi le strinse la mano. "Nessuno dovrebbe vivere questo tipo di esperienza. È solo che vorrei tu me l'avessi detto prima. Non capivo perché fossi così resistente nei miei confronti, quando la chimica tra noi è così buona. Ora penso di capire un po' meglio".

"Ti ho detto la parte su Lawrence perché voglio che tu capisca perché ti ho lasciato a San Diego senza salutare. Ho passato un weekend perfetto con te, e volevo che rimanesse tale. Mi faceva sentire così bene, e non ero pronta per altro. Era come una sfera di neve, come un momento perfetto intrappolato in una bolla. Potevo prendere quell'attimo, pensarci e sentirmi bene quando volevo. E sei stato tu a darmelo", disse Aubrey. "Ma sapevo che se ti fossi avvicinato a me, avrei dovuto dirti tutto, e poi te ne saresti andato. E io sinceramente... Luke, non voglio che succeda".

Luke le rivolse uno sguardo lungo e misurato. Per un momento si preoccupò che potesse essere ancora arrabbiato, ma invece si chinò verso di lei le posò un lieve bacio sulle labbra.

"Immagino di non averla mai pensata in questo modo, come un ricordo intrappolato in una sfera di neve. Ma ho fatto la stessa cosa. Ho pensato a te tutto il tempo in cui ero all'estero, ho fantasticato su di te più di quanto vorrei ammettere. Dopo la Giordania, sapevo di essere troppo incasinato per tornare da te. Ma ho sempre pensato a te, lo giuro", disse Luke, le parole suonavano sia come una confessione che come una conferma.

"Oh, Luke...", sospirò Aubrey e sollevò il viso. Lui la baciò di nuovo, questa volta più profondamente, ma la lasciò andare dopo un attimo.

"Quando mio padre ci ha chiamato a casa e ci ha fatto sedere per raccontarci del decreto di Alfa, i miei fratelli sono impazziti. Erano tutti così arrabbiati, e direi anche giustamente. Anche io mi sono arrabbiato per un po', trasportato dalla loro rabbia, ma poi... Poi ho capito che avrei potuto avere un'altra possibilità di vederti. Ti ho cercato all'evento, anche se ero sicuro che ti fossi già sistemata con qualcun altro. So di aver rovinato tutto quel giorno...".

"Non hai incasinato niente. Non avevo alcun diritto di essere gelosa, non dopo averti abbandonato a San Diego", lo corresse Aubrey.

"Eppure, avrei dovuto fare di più. Stavo pensando di venire a cercarti, ma tutta la faccenda della festa mi ha spaventato a morte. E poi ho iniziato a bere, e quella ragazza è apparsa dal nulla...". Luke si passò la mano libera tra i capelli, scuotendo la testa frustrato. "Dio, quando ti ho visto, ho davvero perso la testa. Te ne eri già andata quando mi sono ripreso abbastanza da inseguirti. Ero così arrabbiato con me stesso".

"E... l'altra parte?", chiese Aubrey, deglutendo.

"Vorrei che mi avessi trovato prima e mi avessi detto tutto. Ma non posso essere arrabbiato per quello che non sono riuscito a fare io stesso. E la gravidanza... Aubrey, niente di tutto questo è colpa tua. Non hai fatto niente di male".

"Stavo per abortire", disse Aubrey, iniziando di nuovo a lacrimare. "Ero molto razionale al riguardo. Ho preso l'appuntamento. In pratica ho avvelenato il pozzo. Mi sono sentita come se avessi perso il bambino perché sapeva di non essere desiderato".

"Aubrey", disse Luke, molto serio. "Non è vero, e tu lo sai. Sono cose che succedono e basta. Se fosse possibile far sparire un bambino solo volendolo, credo che ormai si saprebbe. Non voglio che sprechi tempo ed energie pensando a cose del genere. Non avvelenare il tuo pozzo, per usare la tua frase".

"Quindi... tutto qui? Mi hai appena perdonato?", chiese, pulendosi le guance umide con il dorso della mano.

"Non c'è niente da perdonare. In un certo senso, è bello stare con qualcuno che hai un passato ingombrante. Mi fa sentire meno indegno", disse, sollevando una spalla.

Aubrey sorrise, arricciando il naso.

"È una cosa dolce, ma allo stesso tempo da folli", disse.

"Lo so, lo so. Ma ora... siamo entrambi qui. E forse io sono pieno di casini, e tu hai paura di prendere un compagno, ma... abbiamo tutto il mondo a portata di mano, Aubrey. Possiamo andare veloci o lenti quanto vogliamo, non mi interessa. Voglio solo che lo facciamo insieme", concluse Luke.

"E Portland?", chiese Aubrey.

"Che si fotta Portland. Trasferiamoci in una capanna nel bosco e non vediamo mai più nessun altro. Posso lavorare da casa o qualcosa del genere", dichiarò Luke.

"E il mio lavoro, che adoro?", suggerì Aubrey.

"Aubrey Umbridge, se mi avrai, vivrò dove vorrai. Onestamente", disse Luke, esasperato.

"E una baracca sul mare? O, tipo, un appartamento molto rumoroso nel bel mezzo del centro città?" chiese, sapendo che lui avrebbe odiato quello scenario.

"Condominio, baracca. Ok e ok", disse con una risata.

"Bene. Beh, credo di non poter rifiutare l'offerta", disse lei, sbattendo le ciglia.

"Non sei molto convincente", la prese in giro Luke.

Aubrey si lanciò contro di lui, spingendo il suo corpo contro il suo. Premette le labbra sulle sue, amando quanto si sentiva piccola mentre lui le avvolgeva le braccia intorno al corpo.

"Ti voglio, Luke. Proprio ora", sussurrò Aubrey.

"Sono tuo, Aubrey", le promise Luke. "In qualsiasi momento del giorno e della notte, in qualsiasi posto".

"Portami nella tenda", sospirò.

Mentre Luke la prendeva tra le braccia e la portava dentro, Aubrey pensò che il suo cuore sarebbe potuto scoppiare di felicità.

21

Aubrey amava la tenera cura che Luke mostrava mentre la stendeva sullo spesso materassino nella tenda. I suoi movimenti erano calmi e deliberati, e Aubrey si rese conto che non aveva mai visto il suo compagno in questo modo, in pace con sé stesso e con il mondo che lo circondava.

Luke si stese accanto a lei, le sue dita si intrecciarono con quelle di lei. Le diede un lungo e languido bacio, le labbra e la lingua esploravano con movimenti gentili. Aubrey inspirò un respiro profondo, stava già avvampando per lui, anche se entrambi erano ancora completamente vestiti. Luke riusciva a farle questo, la faceva desiderare più di quanto lei pensasse fosse possibile.

Tirò il leggero maglione verde e la sottile camicia di cotone che indossava, infilando la mano al di sotto per giocare con la sua carne soda. Fece scorrere la mano verso l'alto, partendo dalla vita, con il pollice tracciò il solco dove i muscoli disegnavano una v. Gli addominali di Luke si contrassero, tradendo la sua sensibilità alle carezze, anche mentre le mordicchiava il labbro inferiore, ricordandole il suo dominio.

Aubrey si tirò indietro e gli tirò la camicia, contenta quando Luke si sedette e l'aiutò a sfilarla.

"Sei davvero incredibile", si meravigliò lei, lasciando che le sue mani esplorassero le perfette increspature delle spalle e delle braccia di Luke, osservando attentamente perfezione scolpita del suo petto e degli addominali.

"Senti chi parla", disse Luke, inarcando le sopracciglia.

Aubrey lo fece tacere baciandolo forte mentre lo spingeva sulla schiena. Osservava il suo volto da vicino mentre trovava il bottone dei pantaloni e li apriva tirando giù la cerniera. La lussuria e l'adorazione che vedeva nei suoi occhi la lascivano allibita, la rendevano audace. In mezzo minuto, lei lo fece spogliare fino a restare solo con un paio di boxer grigi, gli occhi di Aubrey si beavano di ogni centimetro di pelle nuda.

Baciandolo di nuovo, questa volta con leggerezza e provocazione, fece scorrere la punta delle dita lungo le ossa dei suoi fianchi e poi sulle cosce. L'erezione di lui pulsò mentre emetteva un lieve ringhio, era come se le chiedesse di darci dentro subito. Però Aubrey aveva in programma di prendersi il suo tempo per esplorare ogni centimetro del suo uomo.

Agganciando le dita all'elastico, tirò i pantaloni giù lungo i fianchi, liberando la sua erezione. La prese in mano, sbalordita di nuovo per le sue dimensioni. La base era troppo spessa perché lei potesse chiudervi le dita attorno, e quasi gli arrivava fino all'ombelico. Tutti i mutaforma avevano dimensioni generose, ma di certo Luke era uno dei più dotati.

Luke gemette, con gli occhi che si chiusero mentre si muoveva nella sua mano. Aubrey accarezzò la sua carne dura e setosa, dalla punta alla radice, tracciando con il pollice le spesse vene che emergevano sotto la pelle. Fece scivolare il dito sulla testa appuntita, spalmando gli umori di lui con il suo lieve tocco.

Spostando i suoi lunghi capelli sulla spalla, Aubrey si appoggiò e gli diede una sola, lunga leccata dal basso verso l'alto prima di chiudere le labbra intorno alla punta. Luke gemette e il suo corpo si irrigidì all'istante.

Proprio in quel momento, Luke si tirò indietro. Afferrò Aubrey e la tirata giù accanto a sé, tirandosi su per sovrastarla.

"Basta con i giochetti", la rimproverò.

"Ma...", iniziò a dire Aubrey.

"È passato troppo tempo per me. Voglio farti stare bene, e tu stai per mandare tutto all'aria. Letteralmente", le disse, arricciando le labbra divertito.

Aubrey sbuffò, ma era troppo eccitata per essere arrabbiata. Avrebbe avuto il suo turno di farlo venire a suo piacimento, anche se non sarebbe stato quel giorno.

"Perché sono l'unico nudo?", chiese Luke, fingendo di essere esasperato. Le sfilò il vestito dal corpo, ignorando le sue deboli proteste quando le tolse anche il reggiseno e le mutandine. La lussuria di Aubrey si affievolì; si sentì troppo esposta, quasi imbarazzata mentre gli occhi di Luke scorrevano sulla sua generosa carne nuda.

Quando cercò di coprirsi, con le mani che atterravano sulla pancia arrotondata, Luke le ringhiò contro.

"Smettila di rovinarmi la vista", rimproverò, tirandole via le mani. "Sei troppo bella, voglio baciarti ovunque, ma non riesco a decidere da dove cominciare".

Aubrey arrossì mentre Luke si sdraiò accanto a lei e tirò il suo corpo su di sé. I suoi seni e le sue cosce sfiorarono il corpo di lui, dandogli un accenno allettante del calore che emanava dall'uomo. Luke le posò un lieve bacio sull'angolo della bocca, riempiendola di baci sulla mascella fino al collo. Poi le stuzzicò un orecchio facendola rabbrividire di piacere.

Continuò baciandole il collo e le spalle mentre le mani trovavano i suoi seni, misurandone il peso. Le carezzò i capezzoli con i pollici mentre le marchiava il collo con veloci morsetti. Il desiderio bruciava di nuovo luminoso dentro di lei, i suoi seni erano doloranti e brucianti anche mentre sentiva un desiderio liquido crescere nel centro del suo piacere.

"Luke...", sussurrò.

Egli rivolse l'attenzione ai suoi seni, facendo scorrere la leggera crescita della sua barba contro la tenera parte inferiore di ciascuno di essi. Quando le sue labbra si chiusero su un capezzolo, lei gemette e inarcò la schiena, desiderando di più. Mentre leccava il capezzolo, le sue dita tracciarono una linea che scendeva lungo la sua pancia, proseguendo più in basso, fino a trovare ed esplorare le sue labbra nascoste.

"Cazzo, sei già bagnata per me", Luke andò fuori di testa. Abbandonò i seni, e con le dita separò le sue labbra compiendo dei movimenti circolari sul suo nucleo.

Al primo tocco della punta delle dita sul suo clitoride, Aubrey fu sul punto di venire. La sua pelle era troppo sensibile, il sudore si formava sulla sua carne mentre era sempre più consumata dal desiderio. Voleva di più, aveva bisogno di più, ma non riusciva a fermarlo. Le sue abili dita la portarono sempre più in alto, finché non pensò che si sarebbe frantumata. Poco prima di raggiungere l'apice, si tirò indietro.

"Cosa c'è che non va?", chiese Luke, dandole un bacio profondo.

"Voglio che veniamo insieme", disse Aubrey. Non dava voce ai suoi desideri da quando era stata con lui a San Diego, e la cosa la faceva sentire un po' a disagio.

Il ringhio di Luke, il modo in cui le afferrò la vita per avvicinarla a sé e darle un bacio travolgente, le disse che aveva detto la cosa giusta.

Con sorpresa di Aubrey, Luke la tirò sul suo corpo, sistemandola a cavallo sui suoi fianchi. Li spinse verso l'alto quando il calore di lei si abbasso verso la sua erezione, spingendo verso di lei. Lui alzò la mano e scostò la tenda scura dei suoi capelli sopra la sua spalla, i suoi risplendevano praticamente per la lussuria.

"Guardati", disse ancora una volta, prendendole i fianchi con le mani, stringendole i seni. "Cazzo, Aubrey. Devo sentirti, voglio stare dentro di te".

Luke la sollevò un po', afferrando la sua erezione e stuzzicando la sua apertura con la punta spessa del suo sesso. Aubrey si spostò, allineando i loro corpi in modo che la punta del suo cazzo premesse sull'ingresso della sua umida caverna vogliosa.

Centimetro dopo agonizzante centimetro, Aubrey lo accolse tremante dentro di sé, mentre il suo corpo si rilassava e si allargava per adattarsi alle sue dimensioni. Luke le stringeva i fianchi con un'espressione tormentata sul viso, ma a suo credito non face altro che lasciarsi andare a un lungo respiro.

"Scopami, Aubrey. Sei fantastica, meglio di quanto ricordassi", le disse. Una vena gli palpitava sulla tempia, mentre altre spiccavano sulle sue braccia spesse e muscolose, stava cercando di trattenersi.

Per assecondarlo Aubrey iniziò a muoversi e lui si mosse con lei. La ragazza si alzava e abbassava su di lui, la sensazione dell'erezione di Luke che carezzava ogni punto sensibile del suo corpo le faceva venire la pelle d'oca.

Luke si tratteneva ancora, distraendosi toccando e baciando il suo seno mentre lei continuava con un ritmo lento e profondo. Onde di calore liquido le percorrevano il corpo mentre aumentava il ritmo, i suoi seni rimbalzavano e il suo sedere sbatteva contro il corpo di Luke con un soddisfacente rumore.

Eppure lui aspettò ancora; il suo compagno aveva la pazienza di un santo. Però Aubrey non voleva niente di tutto questo.

"Scopami, Luke. Lasciati andare", gli ordino.

Luke iniziò a spingere nel suo corpo, riempendola completamente, ed entrambi gemettero di soddisfazione. Si mosse sotto di lei, con le mani che le stringevano ancora una volta i fianchi larghi, trovando un ritmo agitato e febbrile. Lo sguardo blu-verde di Luke era fisso sul suo volto, e Aubrey non riusciva a smettere di guardarlo.

Tutto il misurato controllo di Luke scomparve mentre spingeva dentro di lei, emettendo lievi gemiti di piacere con ogni colpo di fianchi di Aubrey.

"Sei così stretta, così eccitante", si allontanò leggermente. "Non posso aspettare..."

Il suo pollice largo trovò il clitoride di lei, strofinandolo in cerchi insistenti fino a quando il corpo di Aubrey si contrasse, raggiungendo il massimo del piacere. La bocca di Luke trovò la sensibile curva del suo seno, i suoi denti affondarono nella carne morbida, creando un'esplosione luminosa di piacere e dolore che la frantumò in un istante.

Aubrey gridò liberandosi mentre il suo corpo si stringeva e si contraeva intorno all'erezione di Luke, la sensazione fu così intensa che per un attimo non vide altro che stelle esplodere nell'oscurità. Il gemito di Luke la riportò indietro e Aubrey gridò ancora una volta mentre lui dondolava sul suo corpo, lasciando andare il suo seme in profondità nel suo grembo materno. La sua erezione pulsò ancora e ancora, la gioia dell'estasi era chiara sul suo viso.

Quando rallentò, inspirando a fatica, Luke afferrò la parte posteriore del collo di Aubrey e la tirò verso il basso, premendola al proprio petto. Restarono uniti per minuti, o ore, o per sempre, respirandosi a vicenda mentre il cuore gli tuonava nel petto. Aubrey nascose il viso contro il collo inumidito dal sudore di Luke, inspirando a pieni polmoni il profondo richiamo del suo profumo maschile.

Alla fine Luke si spostò sotto di lei, e Aubrey seppe che doveva muoversi per consentirgli di respirare. Probabilmente lo stava schiacciando, non importava quanto lui fosse possente. Quando iniziò a staccarsi, Luke la afferrò di nuovo per il collo, un gesto possessivo che le fece sentire le farfalle nello stomaco.

"Dove stai andando?" chiese, posandole l'altra mano sul sedere prima di farla scivolare lungo la sua schiena tracciando pigramente dei cerchi rilassanti.

"Ero solo..."

"Non muoverti se lo fai per me. Ti terrei qui per sempre se potessi", sospirò Luke, annusandole le orecchie e baciandole il collo finché non la fece ridacchiare.

"Mi sto... sai, mi sto mettendo a mio agio", disse Aubrey, rotolando per stendersi accanto a lui. "Sei caldissimo, sai".

"E di chi è la colpa?", la prese in giro Luke, baciandola. "Mi hai fatto andare su di giro. Dio, il mio orso è innamorato di te più di quanto lo sia io".

Aubrey si è congelò. Era possibile che intendesse davvero quello che aveva detto?

"Ehi", disse Luke, inclinando il mento in alto per poterla vedere in faccia.

"Sì", disse Aubrey, regalandogli un mezzo sorriso.

"Sul serio. Devi sapere che ti amo, vero?"

"Luke, non devi..."

"Aspetta un attimo. Non muoverti", le disse lui. Si alzò e si guardò intorno, afferrando i vestiti e frugando nelle tasche dei pantaloni.

Aubrey lo guardava aggrottando la fronte, le mancava già il calore di quel corpo che aveva appena preso in giro. Quando lui si sdraiò, di fronte a lei, lei si sentì di nuovo soddisfatta. Gli sorrise, pronta ad accoccolarsi più vicino a lui e ad addormentarsi.

"Aspetta, aspetta. So di averti fatta stancare, ma dammi un secondo", disse Luke. Le prese la mano e la aprì, premendole un piccolo oggetto nel palmo. Aubrey lo sollevò davanti al viso, sbattendo le palpebre.

"Una scatola con un anello", disse ad alta voce, sentendosi stupida.

"Uhm, sì", disse Luke osservandola, poi si sporse verso di lei e aprì la scatola. All'interno vi era un abbagliante anello di diamanti e zaffiri, l'anello più luccicante che Aubrey avesse mai visto.

"Luke!" disse piangendo. Gli colpì il petto con la mano libera, confusa. "Ma che diavolo?".

"Senti. Non devi indossarlo per forza. Forse pensi che sia brutto", iniziò a dire.

"No! No. È più che bello", disse Aubrey, con le lacrime che le brillavano negli occhi.

"È solo che... sai, voglio che tu sia la mia compagna, e che tu indossi il mio anello. Sto mandando tutto a puttane?" chiese, notando le lacrime che iniziarono a scorrere sulle guance di Aubrey.

"No", disse lei, con voce roca.

"Aubrey Rose Umbridge, tu... tu sei quella giusta per

me", disse Luke. "Vuoi indossare il mio anello più che bello?".

"S... sì?", disse Aubrey, stupita.

Luke la guardò per un lungo momento e poi sorrise.

"Mi accontento", disse scherzando. Prese la scatola ed estrasse l'anello. Quando glielo infilò al dito, Aubrey non riuscì a trattenere un singhiozzo. "Sul serio, per favore, dimmi che queste sono lacrime di gioia. Ti prego".

"Anch'io ti amo", disse Aubrey, gettando le braccia intorno a Luke, che ridendo la strinse forte.

"Grazie a Dio", disse, tirandosi indietro per darle un bacio. "Ora dimmi, ne è valsa la pena ritardare il sonno, spero?".

Aubrey gli diede di nuovo un colpo sul petto, poi sollevò la mano per ammirare l'anello.

"Compagni", disse ad alta voce.

"Compagni", le fece eco Luke, prendendole la mano e avvicinandola.

Anche se era l'ultima cosa che Aubrey si sarebbe aspettava al mondo da quella giornata... diavolo, da tutta la sua vita fino ad oggi, non riusciva a ricordare un momento in cui era stata più felice. Nemmeno a San Diego, dove tutto è cominciato.

***

Leggi Guardiani Alfa, Non guardare il male **ora!**

La calda e sensuale New Orleans è l'ultimo posto dove un orso mannaro venuto dalla Scozia vorrebbe trovarsi. Rhys Macaulay ha già abbastanza grattacapi mentre prova ad abituarsi alla sua nuova vita da Guardiano Alpha, e di certo non ha bisogno di altre distrazioni... ma quando Echo, una bionda tutta curve irrompe nella sua vita, tutto è destinato a cambiare. Rhys Macaulay si trova costretto a seguire gli istinti primordiali della bestia dentro di lui: rivendicare la propria compagna e proteggerla.

Purtroppo, Echo ha altro a cui pensare oltre a delle torride notti con uno sconosciuto sexy. Anche lei ha i suoi poteri: è una potente sensitiva in grado di vedere i fantasmi, e il destino sceglierà proprio lei per sventare un piano malvagio.

Pere Mal, il Re Voodoo dietro tutto questo, farà di tutto ottenere e sfruttare il potere di Echo...

Anche se per riuscirci dovesse uccidere lei, Rhys, e distruggere il mondo intero.

Non guardare il male una cavalcate sensuale ed eccitante, la prima della serie dei Guardiani Alfa. Se amate le avventure dei mutaforma con un pizzico di donne formose, torride storie d'amore con tanta magia da farvi venire i brividi, e un lieto fine da capogiro, allora questa è la storia che fa per voi!

Leggi Guardiani Alfa, Non guardare il male **ora!**

CONTINUA...

Non così in fretta! Questi eccitanti orsi Alfa hanno appena iniziato ad emozionarti. La rivelazione di Noah, il secondo libro della serie gli Orsi di Red Lodge, è ora disponibile su Amazon! **Passa alla pagina successiva per dare un'occhiata alla storia di Noah e Charlotte.**

UN ESTRATTO DA LA RIVELAZIONE DI NOAH

Charlotte era sempre stata una brava ragazza, sempre una figlia lingua al dovere, un'infermiera benevola. In questo momento, però, si è viveva riflessa negli sguardi di Noah e Finn: una bomba sexy, che volevano compiacere e divorare. E lei lo voleva, lo voleva così tanto che le faceva quasi male. Era passato più di un anno dalla sua ultima botta e via, e improvvisamente non voleva aspettare un altro minuto. Era brilla ed eccitata, ed era pronta, pronta per le promesse che vedeva scritte sulle facce di Noah e Finn.

Solo che... come avrebbe fatto a scegliere tra di loro? Erano letteralmente belli allo stesso modo, anche se le piacevano molto i capelli più lunghi di Noah. Si alzò e spinse le dita nelle sue ciocche umide e spettinate, amando la sensazione dei suoi capelli caldi e morbidi contro le sue dita. Poteva vedersi nell'atto di tirare quei riccioli, mentre lui le faceva cose indicibili al suo corpo...

Poi guardò Finn, pensando a quanto fosse premuroso e gentile. Era tutte le cose che cercava in un uomo, tutte cose che non aveva mai trovato in un pacchetto così bello prima d'ora. Lui sarebbe stato un amante attento e scrupoloso, si sarebbe preso cura di lei esaudendo ogni suo desiderio.

Finn indossava una camicia grigio chiaro e una cravatta nera con pantaloni scuri, mentre Noah era vestito ancora una volta con una camicia bianca e pantaloni neri. La camicia di Noah era sbottonata al collo, permettendole di dare un'occhiata a una porzione di pelle liscia e abbronzata. Però Finn era così affascinante con la sua cravatta....

Osservò ancora una volta i due uomini e si lasciò andare a un sospiro. Inarcò la schiena, portando le labbra all'orecchio di Finn.

"Come faccio a scegliere tra voi?" chiese, con tono supplichevole.

Finn si irrigidì contro di lei, e notò che Noah lo rispecchiò dopo un secondo. Alzò la testa e guardò Noah, che era impegnato in una comunicazione silenziosa con Finn. Per un momento, Charlotte si chiese se avessero una sorta di doppia telepatia. Ridacchiò tra sé, con le labbra che si arricciavano in un sorriso.

Noah abbassò le labbra portandole all'orecchio di lei, il suo respiro caldo contro la sua carne sensibile la fece rabbrividire.

"Non devi scegliere stasera, Charlotte. Ci vuoi entrambi?", chiese.

Charlotte si morse il labbro, alzando lo sguardo verso di lui. La sua espressione era sincera, priva di giudizio. Lei annuì, e fu ricompensata quando Noah le sfiorò il collo con le labbra. Mezzo secondo dopo, Finn baciò il collo nello stesso punto ma dall'altra parte e Charlotte pensò che sarebbe morta di desiderio.

LIBRI GRATUITI

Unisciti alla mailing list per essere informato per primo su nuove uscite, libri gratuiti, premi speciali e altri omaggi dell'autore.

https://kaylagabriel.com/benvenuto/

ISCRIVITI ALLA NEWSLETTER

Unisciti alla mailing list per essere informato per primo su nuove uscite, libri gratuiti, premi speciali e altri omaggi dell'autore.

https://kaylagabriel.com/benvenuto/

LIBRI DI KAYLA GABRIEL

Guardiani Alfa

Non guardare il male

Non ascoltare il male

Non evocare il male

L'ascesa dell'orso

La caduta dell'orso

Il regno dell'orso

L'ordine di Josiah

ALSO BY KAYLA GABRIEL

Alpha Guardians

See No Evil

Hear No Evil

Speak No Evil

Bear Risen

Bear Razed

Bear Reign

Red Lodge Bears

Luke's Obsession

Noah's Revelation

Gavin's Salvation

Cameron's Redemption

Josiah's Command

Werewolf's Harem

Claimed by the Alpha - 1

Taken by the Pack - 2

Possessed by the Wolf - 3

Saved by the Alpha - 4

Forever with the Wolf - 5

Fated for the Wolf - 6

L'AUTORE

Kayla Gabriel vive immersa nella natura del Minnesota, dove giura di aver visto dei mutaforma nei boschi dietro il suo giardino. Le sue cose preferite sono i mini marshmallow, il caffè e quando gli automobilisti usano la freccia.

Contatta Kayla via e-mail (kaylagabrielauthor@gmail.com) e assicurati di ottenere il suo libro GRATUITI:

https://kaylagabriel.com/benvenuto/

www.ingramcontent.com/pod-product-compliance
Lightning Source LLC
LaVergne TN
LVHW011837060526
838200LV00053B/4074